Jane Ayres

Die Insel der wilden Pferde

boje

Jane Ayres

Die Insel der wilden Pferde

Deutsch von
Karolin Benker-Kuchenreuther

Boje Verlag Erlangen

Die Deutsche Bibliothek — CIP-Einheitsaufnahme

Ayres, Jane:
Die Insel der wilden Pferde / Jane Ayres. Dt. von Karolin
Benker-Kuchenreuther. — 1. Aufl. — Erlangen: Boje Verl., 1993
Einheitssacht.: Wilde Horse Island <dt.>
ISBN 3-414-85441-4

Erste Auflage 1993

Titel des englischen Manuskripts: Wild Horse Island
c/o Jennifer Luithlen Agency, Leicester, Großbritannien

Übersetzung: Karolin Benker-Kuchenreuther
Titelillustration: Irmtraud Guhe
Umschlaggestaltung: Ulrike Gabler und Margret Lochner
Satz: Pestalozzi-Verlag, Erlangen
Printed in Slowakia
ISBN 3-414-85441-4

ZEPHPYR

Kapitel 1

Der graue Hengst starrte hinaus aufs Meer. Er beobachtete, wie sich die Wucht der Wellen an den unnachgiebigen Felsen brach und wie der Himmel sich verfinsterte. Das Geräusch des tobenden Wassers war allgegenwärtig.

Die Insel, zehn Meilen im Durchmesser, war sein Königreich. Die öde Landschaft bedeckte stacheliger Stechginster und hartes Heidekraut; die feindselig emporragenden Klippen beheimateten nur unzählige Seevögel. Nach Nordosten floß ein Bach, der von einer Süßwasserquelle gespeist wurde. Die Insel war nicht zugänglich, außer über eine Bucht im Süden, wo die Klippen abgebrochen waren und die Felsen eine unsichere, behelfsmäßige Treppe auf die Insel geformt hatten. Auf dem höchsten Punkt der Insel lag ein Kreis aus Steinen. Brütende Stille lastete über allem.

Das Haus stand mit Blick auf die Bucht.

Der Hengst drehte sich auf der Hinterhand und strebte auf das Haus zu, aber die Rufeseiner Stuten stoppten ihn auf dem Weg. Er zögerte. Obwohl seine Stuten für ihn das Wichtigste waren, hielt ihn etwas zurück, zog ihn zu dem dunklen, schattenhaften Haus. In seiner Erinnerung flackerten die Ereignisse der Vergangenheit auf. Die Stuten riefen wieder, und plötzlich war der graue Hengst weg, galoppierte zurück zu seiner Herde.

Das alte Haus befand sich in einem Zustand des Verfalls: das Holz verrottet, das Dach undicht, die Dielen gebrochen. Ein verzierter Türklopfer schmückte die Eingangstür. Er war nie benutzt worden, denn Besucher kamen selten auf die Insel. Das Haus war alles, was an Henry Absalom erinnerte.

Henry Absalom war einmal ein ansehnlicher Mann mit festen, markanten Zügen und dunklen, suchenden Augen gewesen. Aber als Achtzigjähriger hatte sich sein einst pechschwarzes Haar weiß gefärbt, hing ihm in langen, ungepflegten Strähnen über den Nacken und gab ihm das wilde Aussehen eines Exzentrikers. Sein zerfurchtes Gesicht war verwittert wie die Felsen, eine Landschaft aus Falten und Narben, jede schmerzliche Erfahrung darin eingegraben.
Als Henry vor 30 Jahren die Insel zum ersten Mal sah, verankerte sich bei ihm die Idee, selbst ein Haus zu bauen. Aber bei der Erkundung der primitiven Umstände, merkte er, daß das unnötig war: Das Haus war bereits vorhanden, vernachlässigt und verlassen. Es

kam ihm vor wie eine bizarre Torheit. Er wußte nichts über die ehemaligen Bewohner, wie sie auf die Insel gekommen waren oder warum sie sie verlassen hatten. Er machte sich auch keine Gedanken darüber, ob ihre Geister zurückgeblieben waren.
Henry nahm an, daß er irgendwo Verwandte hatte, aber das interessierte ihn nicht. Alles, was ihn interessierte, waren seine Pferde. Seit er sich erinnern konnte, waren sie immer bei ihm gewesen, auch schon bevor er auf die Insel zog.
Früher hatte er ein Gestüt mit internationalem Ruf besessen, seine Pferde waren ausgezeichnet worden für ihre Schönheit und ihre Widerstandsfähigkeit. Käufer aus der ganzen Welt hatten riesige Summen bezahlt, um eines dieser Geschöpfe zu besitzen, und Henry war reich geworden. Aber wo das ganze Geld hingeflossen war, darum hatte er sich nie gekümmert. In seinem selbstgewählten Exil hatte Henry Absalom alle Leute zurückgewiesen.
Von den ersten Tagen auf der Insel bis zu seinem letzten Jahr, hatte Henry ab und zu einige der Hengst- und Stutfohlen verkauft. Das trug dazu bei, die Anzahl der Pferde in vernünftigem Rahmen zu halten, und es verschaffte ihm das Einkommen, das er brauchte, um den Stall zu unterhalten. Aber dann beschloß er eines Tages, alle seine Pferde zu behalten.

Der Stall stand rechts vom Haus und war die Heimat

von acht Stuten mit zwei Fohlen. Das letzte Pferd in der Reihe der Außenboxen, war sein Favorit, sein geliebter Hengst. Henry hatte ihn aufgezogen und ihn Zephyr genannt, denn er war so schnell wie der Wind. Das Pferd war ein reiner Araber, 1,50 Meter groß, silbergrau mit eisengrauen und schwarzen seidigen Schweif- und Mähnenhaaren und mit kennzeichnenden schwarzen Flecken an Sprunggelenk und Fesseln. Seine samtenen Augen lagen in der breiten Stirn, und seine großen Nüstern weiteten sich über dem kleinen Maul. Seine kleinen grauen Ohren waren wachsam, wenn er auf die Worte des alten Mannes hörte. Der Hengst hatte noch nie Reiter oder Sattel getragen und, wie bei Henry selbst, hatte sein feuriges Temperament jeden Versuch, ihn zu zähmen, vereitelt. Unter Henrys Händen wurde der Hengst so sanft wie ein Kätzchen. Sie waren wie Vater und Sohn, und niemand konnte sich zwischen sie stellen.

Trotz seines Alters und seiner schlechten Gesundheit versäumte Henry nie seine Pflichten: die Tiere zu füttern, zu tränken und zu pflegen. Er war ihr Pfleger und ihr Arzt, sein umfangreiches Wissen resultierte aus langjähriger Erfahrung. Getreide und frisches Heu wurden vom Festland mit dem Schiff gebracht und in der Scheune gelagert. Die Lieferanten hielten nie beim Haus oder sahen nach, ob es dem alten Mann gut ging; sein aggressives Verhalten in der letzten Zeit hatte sie wirkungsvoll abgeschreckt. Henrys Anwalt veranlaßte

möglich. Der Regen durchnäßte seinen Körper und ließ seine Knochen einfrieren. Aber noch zögerte das Pferd, ihn zu verlassen, denn es spürte Henrys Schmerzen.
Da hörte Henry wieder die Frauenstimme rufen, so nah, als ob sie neben ihm stehen würde, und er wußte, daß er Zephyr das klar machen mußte. Der Schmerz überwältigte ihn. Er nahm seine letzten Kräfte zusammen.
„Geh!“ Der Schrei hallte durch die Nacht, als Henry das Wort ausstieß.
Zephyr starrte auf den zusammengekrümmten Körper, der im Dreck lag, das lange weiße Haar bedeckte das Gesicht, die glasigen Augen blickten starr hinauf zum leeren Himmel. Er machte noch einen Schritt vorwärts und schnupperte ein letztes Mal an dem alten Mann. Der Geruch des Todes stieg in seine Nüstern, und er scheute zurück.
Plötzlich erleuchtete ein Blitz den Himmel, und Zephyr drehte sich um und galoppierte weg, bestrebt, seine Stuten wiederzufinden.
Zephyr suchte seinen Weg durch Torfmoore und über aufragende Felsen, er rief seine Stuten und war wütend, daß sie es gewagt hatten, ohne ihn wegzulaufen. Die Fuchsstute Chandra antwortete, und er traf sie unter einem überhängenden Felsen. Er stupste Chandra an, um seinen Unmut zu zeigen. Nachdem er sich überzeugt hatte, daß alle in Sicherheit waren, suchte auch er Schutz, bis der wütende Sturm sich beruhigt hatte.
Die Pferde verbrachten den nächsten Tag grasend, an-

geleitet von Zephyr. Er war unruhig, schritt umher und regte damit auch die Stuten auf. Als der Abend kam, wartete er auf den üblichen Ruf von Henry, nach dem Zephyr die Stuten nach Hause bringen sollte. Von selbst würde Zephyr nicht zum Haus zurückgehen, da es in seiner Erinnerung mit dem Geruch des Todes verbunden war.

Viele Nächte vergingen, bevor der Hengst es aufgab, auf den Ruf des alten Mannes zu warten.

Kapitel 2

Die Herde hatte den Vorteil, die Insel gut zu kennen, da es ja ihre Heimat war. Sie wußten, wo das beste Gras zu finden war, wo die Süßwasserquelle lag und wo man Schutz suchen konnte. Aber sie war an den Komfort eines warmen Stalles gewöhnt, wenn sie ihn brauchten; mit Stroh ausgestreut und Getreide als Nahrungsergänzung. Noch wußte sie nicht, daß ihr erster Winter allein auf der Insel außergewöhnlich kalt werden würde. Zephyrs Herde war hochgezüchtet, und es würde einige Generationen dauern, bevor die Nachkommen dickeres Fell und stärkere Zähne entwickeln würden, dem kalten Wetter und dem kargen Winterfutter angepaßt. Aber jede Generation würde härter und widerstandsfähiger werden. In Zephyrs Herde waren die Aufgaben geteilt, wie bei allen Herden. Während einige Pferde grasten, hielten andere Wache, bereit, beim kleinsten Anzeichen von Gefahr zu warnen. Wenn die Wächter mit ihrer Schicht fertig waren, wechselten sie die Aufgaben, so daß auch sie fressen konnten. Zusammenarbeit war lebensnotwendig.

Sie führten eine tägliche Routine ein: Sie grasten in kleinen Gruppen mit Zephyr auf einer Seite der Herde, immer nahe genug beisammen, um beim ersten Anzeichen von Unruhe zusammenzulaufen.
Die Herde hatte genug zu fressen gehabt, um sich ein gesundes Fettpolster für den Winter zuzulegen, so daß sie schlank und rank sein würden, wenn der Frühling kam. Aber es war schon Mitte November, und obwohl Zephyrs Herde in gutem Zustand war, würden sie ohne das zusätzliche Getreide schnell an Gewicht verlieren.

Schließlich kam das Versorgungsschiff vom Festland. Das Zusammentreffen von ungünstigem Segelwetter mit sehr viel anderer Arbeit hatte bewirkt, daß man Henrys Waren erst einmal beiseite geschoben hatte. Erst die routinemäßige Kontrolle durch Henrys Anwalt, zwang den Lieferanten, die Waren auf die Insel zu bringen.
Als dieser die erste schwere Ladung zur Scheune hinaufschleppte, fluchte er über das Gewicht und die klamme Feuchtigkeit, die in seinen Kleidern steckte. Er haßte es, auf die Insel zu kommen, die ihm feindlich vorkam. Wenigstens bekam er mehr als genug bezahlt für seinen Ärger. „Gefahrenzulage“ hatte der Anwalt es genannt. Tatsächlich machte schlechtes Wetter die Fahrt zur Insel tückisch.
Er kannte viele haarsträubende Geschichten über den alten Mann, aber er hatte ihn nur einmal wirklich gese-

hen. Henry Absalom kam ihm wie eine seltsame Gestalt vor, mit seinem wallenden weißen Haar und leuchtenden Augen. Er lehnte sich an die Scheunentür und streckte seinen Rücken. Da bemerkte er, daß die Stalltüren offen waren und die Pferde fehlten. Er war zwar erstaunt, dachte sich aber nichts dabei. Er nahm an, daß der alte Mann die Pferde früher hinausgelassen hatte, denn sonst waren sie morgens immer da gewesen und hatten den Besucher neugierig angeschaut. Er fühlte sich enttäuscht, sogar getäuscht, daß er den ganzen Weg gekommen war und nicht einmal einen Blick auf den Araberhengst werfen konnte. Dann sah er den zusammengesunkenen Körper bei der Tür von Zephyrs Box liegen.

Der Mann erschauderte bei dem Gedanken, daß der Hengst Henry zu Tode getreten haben könnte, und ging zögernd vorwärts, ängstlich, was für ein Anblick ihn erwarten würde. Er beugte sich über den Körper und war erleichtert, daß er sich getäuscht hatte. Henry war schon einige Zeit tot, wie er feststellte.

Zuerst wandte er sich dem Haus zu, um Hilfe zu holen, bis ihm einfiel, daß jemand auf dem Festland ihm erzählt hatte, alle Helfer wären gegangen. Unentschlossenheit ergriff ihn. Ihm fiel auf, daß er eigentlich die einzige Person war, die von Henrys Tod wußte, und da er der einzige Besucher der Insel war, würde es auch keiner erfahren, bis er es jemandem erzählte.

Er schaute auf den Sack mit Getreide. Per Post bekam er

regelmäßig Geld für die Lieferung von Pferdefutter auf die Insel, und er würde es auch weiterhin bekommen, ohne jemals wieder einen Sack zu liefern. Er könnte das Geld behalten und müßte nicht mehr auf die Insel zurückkehren. Jetzt zur Weihnachtszeit könnte er ein zusätzliches Einkommen gut gebrauchen. Es würde kein Diebstahl sein, denn der alte Mann war ja tot und brauchte das Geld nicht mehr. Er hatte sich schon fast selbst davon überzeugt, daß er nichts Unrechtes tun würde. Aber als er zum Boot zurückging, entschied er sich, die Polizei anzurufen, nachdem er den letzten Scheck kassiert haben würde.

Mit der Zeit vergaßen die Pferde ihre anerzogenen Gewohnheiten und kehrten schnell zum wilden Verhalten zurück. Zephyr war der unbestrittene Führer, und auch unter den Stuten hatte sich eine Rangfolge herausgebildet. Chandra, die Fuchsstute, war die dominierende Stute, weil sie die stärkste war. Ihre jüngere Schwester, das braune Fuchsfohlen Zoe, machte ihr die Position streitig, aber nachdem sie ihre Aggressionen miteinander ausgetragen hatten, akzeptierte sie ihren untergeordneten Rang. Sollte jedoch Chandra in der Zukunft irgendein Anzeichen von Schwäche zeigen, würde Zoe das instinktiv ausnutzen. So lag also die Rangfolge jetzt fest, aber keine Position war unanfechtbar. Die stärkeren Tiere waren für die schwächeren verantwortlich, und ein Mitglied der Herde konnte sich nur sicher füh-

len, wenn es seinen Platz in dem System genau kannte. Die ursprünglichen Instinkte waren zum Vorschein gekommen.
Das einzige andere männliche Tier in der Herde war Chandras Hengstfohlen, und im Alter von acht Monaten bedeutete es für Zephyr noch keine Gefahr. Obwohl es den Rang seiner Mutter durch seine Geburt einnehmen würde, forderte es als Einjähriges die anderen Jährlinge spielerisch zum Kampf heraus, um sich auf die Zukunft vorzubereiten.
Es war wichtig, daß der Hengst stark und klug war, denn ein schwacher Führer hätte die Herde gefährdet. Doch Zephyr war ein guter Führer, kraftvoll und wachsam.

Anfang Januar fiel der erste Schnee. Den Pferden war dickes Winterfell gewachsen. Die ganz feinen Haare hatten sich eng an die Haut geringelt und wurden von längeren, harten Haaren überdeckt. Der Schnee konnte nicht bis auf die Haut durchdringen und tropfte herab, wenn er durch die Körperwärme schmolz.
Notgedrungen hatte die Herde schon begonnen, Zweige von jungen Büschen und Bäumen zu fressen, ja sogar bittere und stachelige Pflanzen, die sie vorher verschmäht hatten. Sie würden die Erde aufgraben, um Wurzeln zu fressen, oder unter einer dicken Schneeschicht nach Eßbarem suchen.
Chandra brachte ihrem Hengstfohlen bei, den warmen

Atem aus den Nüstern zu blasen, um ein Loch in den Schnee zu schmelzen und so an Futter zu kommen. Dann konnte es mit den sensiblen Lippen, die Barthaare frostbedeckt, einen Rest Gras oder eine magere Pflanze fühlen.

Die Quelle war zugefroren, und Zephyr mußte jedesmal die Eisschicht mit den Hufen zertrümmern, bevor sie trinken konnten. Er überwachte die Herde und trank erst, wenn alle fertig waren.

Wochenlang war es windig, und es schneite gnadenlos weiter. Nachts, wenn die Temperatur den niedrigsten Punkt erreichte, drängten sich die Pferde wärmesuchend zusammen.

Doch schließlich begann der Schnee zu schmelzen und hinterließ einen harten Boden mit spärlichem, braunem Gras, an dem die Pferde zupfen konnten. Die Morgenfröste wurden immer milder, und endlich kam der Frühling. Die Herde hatte die Prüfungen des Winters überlebt, auch wenn sie alle viel dünner geworden waren. Das frische Gras des Frühlings war deshalb sehr willkommen.

Die beiden Fohlen waren jetzt ein Jahr alt. Chandras Hengstfohlen war ein heller Fuchs wie seine Mutter, und das Stutfohlen hatte Zephyrs silbergraues Fell. Sie hatten einen Sohn und eine Tochter, auf die sie stolz sein konnten, und drei weitere Stuten würden bald fohlen.

Es war ein frischer, sonniger Morgen, als das erste Boot landete. Einer der seltenen Steinadler war auf der Insel gesichtet worden, und Wilddiebe hofften, die wertvollen Eier stehlen und auf dem Kontinent verkaufen zu können. Glücklicherweise nistete der Adler woanders, auf einer zwanzig Meilen entfernten Insel. Aber die Wilderer, die nichts von Henry Absalom und seinen Pferden wußten, sahen Zephyr kurz aus der Entfernung, wie er auf einer hohen Klippe stand und seine Herde bewachte.

Sie waren erstaunt und gefesselt und beobachteten ihn unbemerkt eine Weile. Aber sobald er sie erblickt hatte, signalisierte er es der Herde, und innerhalb von Sekunden waren sie zwischen den Bäumen verschwunden. Da sie keine Erfahrung im Pferdefangen hatten, kehrten die Wilddiebe aufs Festland zurück, begierig zu erzählen, was sie gesehen hatten.

Die Neuigkeiten der Wilddiebe erfuhren im örtlichen Pub beachtliches Interesse. „Also haben diese Pferde den Winter überstanden.“ Der Wirt schenkte ihnen Bier ein.

„Sie leben wild auf der Insel“, erzählte einer der Wilddiebe.

„Armer alter Henry Absalom“, sagte ein älterer Bauer, der am Tresen lehnte. „Was immer man sich auch über ihn erzählte, er wußte, wie man Pferde züchtet.“

„Absalom war eine elende, alte Ziege. Aber wie auch

immer, ich habe dich nicht auf seiner Beerdigung gesehen", entgegnete der Wirt. „Wenn ich genau überlege, habe ich keinen von euch auf der Beerdigung gesehen, außer dem Priester."
„Ich frage mich, was wohl mit den Pferden geschehen wird. Für den Hengst würde ich einen guten Preis zahlen", bemerkte der Bauer.
An einem der nächsten Tische hörte eine Gruppe Männer, gutgekleidet und Ende zwanzig, mit großem Interesse zu. Sie waren internationale Wilddiebe, Händler auf Kosten der Tierwelt. Sie arbeiteten auf Bestellung, fingen und stahlen falls nötig alles, wofür die Käufer bezahlten. Mit ihrem kultivierten Auftreten, konnten sie seltene Tiere an private Sammler zu hohen Preisen verkaufen.
„Natürlich hast du recht, was die Pferde betrifft." Die Stimme des Wirts schien in der Kneipe ein Echo zu werfen. „Einige wundervolle Stuten sind an einen großen Händler in Amerika verkauft worden." Er senkte die Stimme. „Wenn du mich fragst, muß Henry Absalom sich einen großen Batzen irgendwo auf die Seite gebracht haben. Ich bin sicher, daß der Araberhengst ein Vermögen wert ist."
„Wie den jemand einfängt, möchte ich erleben", lachte einer der Vogelwilderer. „Er bewegt sich wie ein geölter Blitz."
„Und um diese Jahreszeit ist die Insel wie eine Festung", ergänzte sein Partner. „Diese starken Winde kommen

aus dem Nichts und können ein Boot gegen die Felsen schmettern."

Es verging eine Woche, und die Pferde fühlten sich einigermaßen sicher auf ihrer Insel, trotz des letzten Zwischenfalls mit den Vogelwilderern.
Es war ein warmer Tag, eine sanfte Brise strich durch die Bäume. Die Stuten grasten zufrieden, während Zephyr etwas abseits stand, auf einem Bein ruhte und ab und zu döste. Plötzlich hob er seinen Kopf, weitete die Nüstern und sog die Luft ein. Er spürte, daß irgend etwas nicht in Ordnung war, und wieherte laut. Die beiden Einjährigen flohen an die Seite ihrer Mütter, die Stuten liefen zusammen und beobachteten Zephyr genau. Das, was über ihrem Köpfen wie ein Schwarm Insekten klang, wurde ohrenbetäubend laut. Die Bäume beugten sich, und das Gras wurde flachgedrückt, als der Hubschrauber über ihnen schwebte.

Die Pferde schnaubten vor Angst, Zephyr gab das Signal zur Flucht und galoppierte an ihre Spitze.

Dieses Mal wollten die Männer nur die Ware besichtigen, um sicherzugehen, daß der Hengst die Mühe auch wert war. Zufrieden drehten sie ab und ließen die Insel in Frieden, bis sie ihre Pläne in die Tat umsetzen würden.

Kapitel 3

Eine Woche verging, bevor die Männer es noch mal versuchten.
Die Herde trank im Fluß, und Zephyr stand Wache, um beim ersten Anzeichen von Gefahr Alarm zu schlagen. Seine Konzentration wurde unterbrochen, als Chandra und Zoe anfingen, sich zu kabbeln. Gerade als er dazwischengehen wollte und beide Stuten anstupste, war dieser ohrenbetäubende Lärm über ihren Köpfen wieder da. Zephyr schaute nach oben, da er sich an den letzten Vorfall erinnerte.
Die Herde geriet in Panik, versuchte spritzend im Wasser vorwärtszukommen.
Schnell übernahm Zephyr die Kontrolle, und die Pferde galoppierten westwärts, instinktiv darum bemüht, dem fliegenden Ungeheuer zu entkommen.
Aber der Hubschrauberpilot war geschickt, und es gelang ihm bald, die Herde in einzelne Gruppen zu zersplittern. Die Wilddiebe wußten, ihre einzige Chance, den Hengst zu bekommen, war, ihn von den Stuten zu trennen. Aber um sich ihre Aufgabe leichter zu machen,

bemühten sie sich erst, ihre Beute zu ermüden. Innerhalb kurzer Zeit war die Herde zerstreut, und Zephyr galoppierte alleine. Der Hubschrauber schwebte dicht über seinem Kopf, die Rotorblätter donnerten. Zephyr reckte seinen Hals und ging in gestreckten Galopp über; die Witterung von Gefahr nahm überhand.
Er spürte, daß er unter den felsigen Klippen sicher sein würde, aber die Wilderer konnten jede seiner Bewegungen vorausahnen. Immer wenn er die Richtung änderte und zu den Felsen wollte, trieb der Hubschrauber den Hengst wieder weg.
Die Jagd ging weiter, und Zephyr strengte sich aufs äußerste an, der Schweiß bildete einen dicken weißen Schaum auf seinem Hals und seinen Schultern.
„Er wird müde", sagte einer der Wilddiebe. „Jetzt wird es nicht mehr lange dauern."
Gerade als Zephyr anfing zu ermüden, lenkten sie ihn zu einer Ansammlung hoher Findlinge, die drei Seiten einer gezackten Wand formten. Zu spät merkte Zephyr, daß er in die Enge gedrängt war, und blitzschnell lehnte sich ein Mann aus dem Hubschrauber, der nur knapp über dem Boden schwebte. Zephyr bäumte sich auf vor Wut und Angst, forderte den Mann zum Näherkommen auf. Er drehte sich seinem Feind zu, der die Warnung mißachtet hatte, war bereit zum Angriff und fletschte die Zähne.
Ein Betäubungspfeil wurde abgeschossen, der Zephyr auf seinem Weg stoppte. Er schrie auf vor Schmerz und

Überraschung, aber das Gift wirkte schnell, und er wurde von Schläfrigkeit übermannt.
Ein Seil wurde um seinen Hals geworfen, und alles wurde schwarz.

Als Zephyr viele Stunden später erwachte, war er auf dem Festland. Er blinzelte in die Dunkelheit eines fremden, neuen Stalles, atmete die ungewohnten Gerüche ein und war irritiert durch das Halfter aus Nylon, das er jetzt trug. Er war unsicher auf den Beinen, fühlte sich schwach und krank von den Nachwirkungen des Betäubungsmittels. Er stampfte auf den mit Sägespänen bedeckten Betonboden und schnupperte nach Wasser, aber weder Futter noch Wasser war in dieser muffigen, engen Umgebung bereitgestellt.
Über Nacht blieb er alleine, und erst spät am nächsten Morgen hörte er Schritte auf dem Kies draußen. Die Riegel bewegten sich an der oberen Hälfte der Stalltür, und eine barsche und rauhe Männerstimme murmelte: „Hier ist dein Frühstück." Ein Heuballen wurde über die Tür geworfen, die sich schnell wieder schloß und das Licht aussperrte.
Zephyr schnupperte vorsichtig an dem Heu. Es war schlechte Qualität und voller Staub, aber er fraß es. Den ganzen Tag über konnte er draußen Schritte und Männerstimmen hören, aber keiner kam in seine Nähe, bis zum Abend.
Da ging die Tür auf, und die Umrisse zweier Gestalten

zeichneten sich undeutlich ab. Ihre Kleidung roch nach Tabak.
„Du mußt durstig sein.“ Einer der Männer stellte einen Eimer mit Wasser in die Ecke, und der andere leuchtete ihm mit einer Taschenlampe in die Augen.
Zephyr scheute zurück, trotz seines Dursts.
„Ich habe dir doch gesagt, daß er ein Prachtkerl ist“, sagte der eine Mann. „Wird einen guten Preis bringen. Ich habe schon einen Käufer. In Amerika.“
„Wir müssen ihn in den nächsten Tagen wegbringen. Denk daran, Bill, wir sind für ihn verantwortlich. Ich will nicht, daß er verletzt wird. Ich kenne deine Launen.“
„Keine Angst. Ich weiß, wie ich ihn behandeln muß.“
Er lachte, und die Tür schlug mit einem Knall zu.
Sobald ihre Schritte verklungen waren, trank Zephyr das Wasser.

Den ganzen Morgen ging Zephyr unruhig in seinem engen Stall hin und her. Er haßte es, eingesperrt zu sein, und wollte seine Beine strecken. Die Wut staute sich in ihm auf, und als der Mann mit dem Namen Bill kam, war der Hengst in fürchterlicher Stimmung. Die Tür ging auf, und Bill warf einen Heuballen hinein. In dem Moment, als Zephyr seinen Kopf zum Fressen senkte, griff Bill nach dem Halfter, zog ein Seil hindurch und zerrte Zephyr zu einem Ring in der Wand, an dem er das Seil so kurz wie möglich festband.

„Ich muß den Stall ausmisten und werde dir keine Chance geben, mich zu beißen“, sagte er und fing an, mit der Mistgabel zu arbeiten. Zephyr beobachtete den Mann wütend, seine Ohren flach zurückgelegt, und wartete auf eine Gelegenheit, sich zu rächen. Aber Bill war geschickt und achtete darauf, nicht in die Nähe der scharfen Hufe des Hengstes zu kommen.
Bill war gerade mit der Arbeit fertig, als eine Stimme ihn von draußen rief: „Komm her, Bill, Kaffee ist fertig.“ Bill streckte seinen Rücken und war für eine Sekunde abgelenkt, aber das genügte Zephyr. Er spannte das Seil und schlug mit den Hinterhufen aus, so weit er konnte, stieß Bill aus dem Gleichgewicht und genau in die Schubkarre mit dem Pferdemist. Bill fluchte und schrie erstaunt auf. Er war wütend, daß das Pferd ihn ausgetrickst hatte, und sein erster Gedanke war, zurückzuschlagen. Er griff sich die Mistgabel und schwang sie gegen das Pferd. Der hölzerne Stiel traf Zephyr hart an der Schulter, und er wieherte vor Schmerz.
Gerade wollte Bill noch einmal mit der Gabel ausholen, als er sich an die Anweisung seines Bosses erinnerte. Er warf das Arbeitsgerät hin und schaute sich zornig um. „Du Mistvieh! Wenn dir was passiert, bekomme ich Schwierigkeiten. Aber so ein blöder Klepper wird mich nicht besiegen.“
Er wischte sich den Dreck aus dem Gesicht und schob die verflixte Karre nach draußen. Die Tür wurde wieder verriegelt.

Zephyr zuckte zusammen wegen der Druckstelle an seiner Schulter. Er war hungrig, aber das Heu war außer Reichweite und quälte ihn. Er war auch durstig. Aber das Seil war so kurz, daß er seinen Kopf kaum bewegen konnte. Bald tat ihm sein Nacken weh, aber Bill hatte nicht die Absicht, ihn schon loszubinden.
Acht Stunden später erst kam ein Mann in den Stall, warf eine Decke über Zephyrs Kopf, zerschnitt das Seil, mit dem er festgemacht war, und ging wieder.
Benommen schüttelte das Pferd die Decke ab und streckte unter Schmerzen den steifen Hals zum Wasser hinunter. Er war entschlossen, Bill niemals wieder in seine Nähe zu lassen.

Am nächsten Morgen lauschte er genau auf Bills Rückkehr, und als die Riegel zurückgeschoben wurden, war er bereit.

Bill hatte keine Chance zu erkennen, was ihn verletzte. Kaum war die Tür offen, hatte der graue Hengst schon angegriffen, und Bill lag mit Gehirnerschütterung im Hof.
Erfreut und erstaunt über seine neugewonnene Freiheit, erstarrte Zephyr für einen Moment, bis seine Augen sich an das Licht gewöhnt hatten. Er blickte sich um. Er befand sich in einem kleinen Hof an einer Reihe von vier Außenboxen. Am einen Ende des Hofes stand ein schmutziger Wohnwagen und am anderen Ende

eine hohe Mauer, unmöglich zu überspringen. Der Hof war mit Stacheldraht eingezäunt. Zephyr lief am Zaun entlang. Er hatte noch nie mit Stacheldraht zu tun gehabt und schätzte die Höhe des Zaunes ab. Es war nicht genug Platz da, um gerade über den Zaun zu springen – er mußte Anlauf nehmen, und das bedeutete, daß er schräg springen mußte. Er wendete.

Noch immer war er verwirrt und beunruhigt wegen der ungewohnten Umgebung, aber er wußte, daß er hier wegmußte. Er kreiste einmal im Hof und machte sich dann bereit. Er hatte nur vier Galoppsprünge Anlauf, bevor er sich in die Luft schnellte. Seine Vorderbeine kamen hinüber, aber seine Hinterbeine blieben an dem scharfen Zaun hängen. Er überschlug sich, der stachelige Draht zerkratzte seine Hinterbeine und hinterließ lange, klaffende Wunden. Er rollte zweimal herum, bevor er sich auf die Beine kämpfte. Trotz des brennenden Schmerzes, befahl ihm sein Instinkt, weiterzugaloppieren und die Wilddiebe so weit wie möglich hinter sich zu lassen.

Sein einziger Gedanke war, nach Hause zu seinen Stuten zurückzufinden. Er wußte nicht, daß die Insel über hundert Meilen weit weg war.

Kapitel 4

Bis zum Horizont erstreckte sich Meile um Meile flaches, ödes Land, denn die Wilddiebe hatten sichergehen wollen, daß ihr Versteck weit weg von jeder Zivilisation lag. Zephyr rannte weiter, verloren und verwirrt. Er wußte nur, daß er hier wegmußte, aber er wußte nicht wohin. Als es gegen Mittag in Strömen regnete, kämpfte er sich immer noch vorwärts, auch wenn er nur noch traben konnte. In diesem wüsten Land gab es keinen Schutz, und das Wasser peitschte gnadenlos und rann in Bächen an seinen Seiten herunter. Als es dämmerte, ging er im Schritt, seine Hinterbeine waren steif. Das Blut war getrocknet und über den tiefen Wunden geronnen.

Endlich erreichte Zephyr eine Straße, die als Verbindung zwischen zwei entlegenen Farmen diente und wenig befahren war. Er ging auf dem Seitenstreifen und hielt an, um ein Maulvoll Gras zu fressen. Im Zwielicht sah er das Auto nicht kommen, und der Fahrer, der vergessen hatte, seine Scheinwerfer einzuschalten, entdeckte das Pferd erst in letzter Minute. Er stieg auf die

Bremsen, die Reifen quietschten, aber das Auto streifte trotzdem noch Zephyrs Schulter; er wurde nicht verletzt, bekam aber einen Schock. Der graue Hengst war eine Weile gelähmt, aber als die Autotür aufging, rannte er weg und verschwand in der Ferne, ehe der Fahrer ihn genau erkennen konnte.

Zephyr verbrachte eine furchtbare Nacht alleine. Er zitterte und ruhte abwechselnd auf seinen verletzten Hinterbeinen. Als der Morgen kam, konnte er seine Hinterhand kaum noch belasten, weil sie so schlimm verletzt war, und er hinkte vor Schmerzen. Er kam nur langsam voran, aber nach einigen Meilen roch er eine vertraute und willkommene Brise. Er hielt an und spitzte die Ohren. Stuten!

Zephyr hob seinen Kopf, und seine Nüstern sogen den neuen Geruch ein. Mit frischer Energie beschleunigte er sein Tempo.

Geradeaus, in einer großen umfriedeten Pferdekoppel grasten ein Dutzend Vollblutstuten, einige mit Fohlen an ihrer Seite. Zephyr vergaß seine Schmerzen und eilte vorwärts, um sich einzuführen. Ein paar Stuten antworteten auf seinen Ruf, warfen die Köpfe zurück und trotteten zum Zaun, um den Fremden zu begutachten. Der Zaun war zu hoch, um ihn zu überspringen, und er mußte sich damit zufriedengeben, außerhalb dieses unerwarteten Harems zu bleiben.

Plötzlich schrie jemand wütend auf. Zephyr drehte sich

um und sah den Hengst, der von der Besitzerin des Gestüts, Gwen Winters, zum Training nach außen geführt wurde. Sie erstarrte, als die beiden Pferde einander entdeckten. Ihre Körper zitterten.

Obwohl sie eine starke, drahtige Frau war, konnte sie ihren Hengst unmöglich zurückhalten, und innerhalb von Sekunden hatte er ihr das Seil aus den Händen gezogen. Sie beobachtete, wie die Tiere sich gegenseitig abschätzten; Zephyr, der stolze graue Eindringling, und der Herdenführer, ein Vollbluthengst auf der Höhe seiner Kraft, dessen Muskeln unter dem glatten schwarzen Fell spielten. Seine Ohren lagen flach an, die Augen blitzten feindlich. Er bäumte sich hoch auf und ermahnte Zephyr zu fliehen. Zu seinem Ärger erwiderte Zephyr die Herausforderung. Der Rappe öffnete sein Maul und schrie grell.

Die beiden standen jetzt etwa sieben Meter voneinander entfernt, beide halb aufgebäumt und drohende Laute ausstoßend, als Vorspiel zum Kampf.

Obwohl Zephyr müde und der Schwächere von beiden war, hatte er fest vor, die neue Herde zu erobern, da er seine eigene verloren hatte.

Als beide Pferde angriffen und zusammenprallten, verhakten sich ihre Hälse ineinander. Gwen rannte zurück zum Haus und rief um Hilfe. Ihre Sorge galt ihrem Hengst und dem Schaden, den er möglicherweise davontragen könnte. Sie hatte viele Jahre gearbeitet, um ihr wertvolles Gestüt aufzubauen, und hatte kein Inter-

esse daran, die Grundlage, ihren mächtigen Hengst, zu verlieren. Völlig außer Atem verfluchte sie die verantwortungslosen Besitzer, die ihre Tiere nicht unter Kontrolle hatten, als ihr einfiel, daß es im Umkreis von fünfzig Meilen keinen Stall und kein anderes Gestüt gab.
Sie kam mit ihrem Mann und dem Stallburschen zurück. Alle fuchtelten mit Mistgabeln und schrien, aber die Hengste waren so in den Kampf vertieft, daß sie nichts davon bemerkten. Ihre Vorderbeine stampften und schlugen, und Gwen bemerkte zu ihrem Ärger, daß ihr Hengst einen gezackten Schnitt am Hals hatte.
„Tu doch was!" schrie sie ihrem Mann zu.
„Ich hole das Gewehr", sagte er ruhig.
Sie konnte nur tatenlos zusehen. Gwen erkannte, daß der graue Eindringling den Kampf verlieren würde. Blut floß aus einer frischen Wunde an seiner Schulter, als der Rappe mit seinen Hinterbeinen ausschlug.
„Der Graue ist verletzt", sagte der Stallbursche.
„Natürlich ist er das", schnappte Gwen.
„Nein, ich meine, bevor er hierherkam", widersprach der Bursche. „Schauen Sie mal auf seine Hinterhand. Getrocknetes Blut."
Gwen folgte seinem Blick. „Sie haben recht. Unser Hengst wird ihn töten."
Die Zähne des Rappen bissen und rissen, und Zephyr wußte, daß er verlieren würde. Der einzige Ausweg war, die Niederlage zuzugeben.

„Ich hab das Gewehr.“
Gwen drehte sich zu ihrem Mann um. „Es ist in Ordnung. Du brauchst es jetzt nicht mehr.“
Und sie sahen in grimmigem Schweigen zu, wie Zephyr weghinkte, verfolgt von dem triumphierenden schwarzen Vollblut.

Sobald Zephyr das Land der Winters verlassen hatte, gab der Rappe die Verfolgung auf, zufrieden mit seinem Sieg und sicher, daß der Eindringling nicht wiederkommen würde.
Jetzt war Zephyr erschöpft und durstig, und seine Schulter brannte von der Wunde, die ihm der Hengst geschlagen hatte.
Er wanderte weiter, verlor jedes Gefühl für Zeit und Entfernungen, bis er schließlich nicht mehr weiterkonnte. Er gab auf und sank auf den Boden, den Hals ausgestreckt. Er wollte nur noch schlafen. Als es wieder Morgen wurde, hatte er nicht mehr die Kraft aufzustehen. Er seufzte tief und schloß die Augen.
Dabei wußte Zephyr nicht, daß er beobachtet wurde.

FINN

Kapitel 5

Tom Sayers war dünn, blaß und 15 Jahre alt, mit farblosen Haaren und wäßrigen grünen Augen. Er hätte eigentlich in der Schule sein müssen, aber es machte ihn krank, seine angeberischen Klassenkameraden zu sehen, und so hatte er statt dessen einen Spaziergang gemacht. Er hatte gar kein Interesse, an einer Doppelstunde Hockey teilzunehmen. Zu seinem Widerwillen gegen das Spiel kam noch die Demütigung der Mannschafts-Aufstellung. Niemand wollte ihn im Team, und er war immer der letzte Junge, der unter Murren aufgerufen wurde. Es hatte ihm noch nie gefallen, mit Gleichaltrigen zu wetteifern, und er hatte keine Ahnung von Teamgeist. Beides machte ihn bei den anderen Jungen nicht gerade beliebt. Tom spielte und komponierte lieber Musik, nicht diesen banalen Pop-Quatsch, von dem jeder besessen zu sein schien. Es kam ihm so vor, als ob alle Mitschüler nur über Mädchen, Sex und Popmusik sprachen; keines dieser Dinge interessierte ihn. Erst seit kurzem, seit die Abschlußprüfung näherrückte, kam das Gesprächs, über Jobs und Ausbildung öfters auf.

Als er die Abkürzung über das Gemeindeland nahm, bemerkte der einsame Tom, daß er an diesem Morgen gar nicht so einsam war.
Aus der Ferne sah er Zephyr liegen und dachte zuerst, es sei eine weggelaufene Kuh, so versteckt war das Tier unter Schlamm und Dreck.
Dann erkannte er, daß es ein Pferd war.

Als er näherkam, sah er die geschlossenen Augen des Pferdes. Er bemerkte das getrocknete Blut und das stumpfe Fell und war sicher, daß es tot war. Da gab Zephyr einen kurzen, grunzenden Laut von sich, und Tom wußte, daß er irgendwie helfen mußte.
Er kniete nieder und streichelte Zephyrs Hals. Dieser fühlte sich kalt an.
„Armer Junge", murmelte er. „Ich muß dich auf die Beine bringen."
Er zog seinen Mantel aus und legte ihn über Zephyrs Nacken. Dann rieb er abwechselnd die Ohren und die Beine des Pferdes, wobei er bei der verletzten Hinterhand besonders vorsichtig war.
Zephyr öffnete die Augen und schaute erstaunt auf zu dem blassen Jungen, zu schwach, um sich zu wehren.
Tom faßte das Nylon-Halfter und zog.
„Komm schon, steh auf!" ermunterte er ihn.
Zephyr antwortete, indem er seinen Kopf hob, ihn aber wieder fallenließ. Tom gab nicht so leicht auf, zog noch mal, schmeichelte und beruhigte ihn. Schließlich,

mit großer Anstrengung, kämpfte sich Zephyr auf die Beine und stand zitternd. Er vergaß vorübergehend seine Furcht und seinen Haß auf Menschen und ließ sich von dem Jungen die zwei Meilen zu dessen Haus führen. Tom lebte am Rande einer Stadt, einer wuchernden, eintönigen Gegend, in der die kleineren Läden schnell von anonymen Supermarktketten und Selbstbedienungsläden verdrängt wurden.
Familie Sayers bewohnte eine große Doppelhaushälfte am Ende einer Neubausiedlung. Es war ganz angenehm: nur zwanzig Autominuten von der Stadt entfernt, aber trotzdem mit dem Anschein des Landlebens. Sie waren vor einem Jahr in die Gegend gezogen, angeblich um aus dem dichtbevölkerten Südosten Englands wegzukommen, mit seinen hohen Lebenshaltungskosten, den ständigen Verkehrsstaus und der Luftverschmutzung. Tom vermutete jedoch, daß es auch etwas mit der Tatsache zu tun hatte, daß seine Mutter eine kurze Affäre mit einem Nachbarn gehabt hatte und daß seine Eltern einen neuen Anfang gebraucht hatten.
Hinter dem Bungalow war ein Morgen noch ungenutztes Land, das seine Eltern mit der Absicht gekauft hatten, hier einmal einen Garten anzulegen. Er bezweifelte, daß sie diese Absicht jemals in die Tat umsetzen würden. Seine Eltern, beide Sportlehrer, waren an den meisten Abenden und Wochenenden beim Squash oder Hockey-Spielen und hatten für andere Unterneh-

mungen und die Familie keine Zeit.
Als Tom die Einfahrt hinaufging, hörte er das Vormittagsprogramm des Radios aus dem offenen Küchenfenster schallen, und er nahm an, daß seine Großmutter in der Küche herumwirtschaftete. Sie war die Mutter seiner Mutter, eine patente und aktive Frau in den Siebzigern, die seit fünf Jahren bei ihnen lebte. Meistens kochte sie, machte die Hausarbeit und paßte auf Tom und seine Schwester auf. Manchmal kam es Tom so vor, als ob seine Eltern sie als unbezahlte Haushaltshilfe betrachteten.
„Ich bin's, Oma!" rief er.
Eine kleine, mollige Frau kam zur Tür, deren langes graues Haar in einem dicken Zopf um den Kopf gelegt war. Tom lächelte. Er hatte ihr langes Haar, das bis zur Taille reichte, schon immer bewundert, und er erinnerte sich, wie ihr verstorbener Mann es jeden Morgen gebürstet hatte. Er fand es gut, daß sie ihr Haar nicht schneiden und sich diese übliche Alt-Weiber-Dauerwelle machen ließ; sein Vater nannte es die „Blau-Spülung-Brigade".
„Solltest du nicht in der Schule sein, Tom?" fing sie an. Dann bemerkte sie das Pferd.
„Ich habe ihn gefunden", erklärte er. „Er lag in einem Feld. Er lag einfach da. Ich dachte, er sei tot."
Sie verbrachten den Rest des Vormittages damit, Zephyr zu versorgen und seine Wunden zu säubern.
„Es ist ein wunderschönes Pferd", stellte seine Groß-

mutter fest. „Auf jeden Fall mit Stammbaum. Ein reinrassiger Araber."
Tom paßte genau auf. Sein verstorbener Großvater, Finn Miller, hatte Tiere geliebt. Er hatte auf seiner Farm in den Highlands Hunde, Katzen, Ziegen, Frettchen und Pferde gehalten. Großmutter hatte seine Begeisterung geteilt und viel von seinem Wissen übernommen.
„Wie glaubst du, ist das Pferd hierhergekommen?" fragte Tom. „Denkst du, daß es irgendwo weggelaufen ist?"
Die Großmutter zuckte mit den Schultern. „Wer weiß? Na komm, wir gehen hinein und essen zu Mittag. Deine Schwester muß auch bald da sein."
Sie ließen Zephyr auf dem Feld, unter einer Schicht Decken, die an Hals und Rücken befestigt waren, denn es gab noch keinen Unterstand für ihn. Sie waren gerade mit der Suppe fertig, als ein Taxi vorfuhr.
„Das wird sie sein", sagte Großmutter und ging zur Tür. Eine leicht übergewichtige, junge Frau mit enganliegenden blonden Haaren trat ein.
„Hallo, Jac!" sagte Tom und schaute auf. „Wie war die Singstunde?"
„Toll, danke", antwortete sie und suchte sich den Weg hinüber zum Tisch. „Wir arbeiten im Moment an den Liedern von Britten."
Jac war 18, fast blind und wurde für eine professionelle, klassische Gesangskarriere ausgebildet. Tom teilte ihre Liebe zur Musik, und sie übten oft stundenlang zusam

men, wobei Tom sie auf dem Klavier begleitete.
„Was hast du heute so gemacht, Tom? Irgendwas Aufregendes?"
„Ich habe ein Pferd gefunden", antwortete er.

Kapitel 6

Toms Eltern kamen um halb fünf Uhr nach Hause, und da hatte Tom schon den Werkzeugschuppen in einen behelfsmäßigen Stall für Zephyr verwandelt.
„Warum sind alle meine Werkzeuge in der Einfahrt verstreut?“ fragte sein Vater, schälte sich aus seinem Trainingsanzug und steckte ihn gleich in die Waschmaschine.
„Ich werde sie in die Garage räumen. Da ist genug Platz“, antwortete Tom beiläufig.
„Du hast die Frage deines Vaters nicht beantwortet.“ Seine Mutter bereitete schon einen Salat zu, denn sie wollte noch schnell etwas essen, bevor sie zu ihrer Badminton-Stunde gingen.
„Weil ein Pferd in dem Schuppen ist“, sagte Tom und zuckte mit den Schultern, als ob das die alltäglichste Sache der Welt wäre.
„Ich habe dich wohl nicht richtig verstanden.“ Sie nahm eine Flasche mit Salatdressing aus dem Kühlschrank.
„Tom hat heute ein Pferd gerettet. Es wäre sonst ge-

storben. Ich glaube, wir sollten alle stolz auf ihn sein", sagte Jac und lächelte breit.
„Hast du dich mit dem Besitzer in Verbindung gesetzt?" fragte seine Mutter, die Frage war ihr fast auf die Stirn geschrieben.
„Es hat keinen Besitzer", erwiderte Tom. „Das ist offensichtlich."
„Um Himmels willen, Tom! Du denkst doch nicht ernsthaft daran, es zu behalten?" empörte sich seine Mutter.
„Warum nicht?" Toms Stimme war plötzlich ungestüm.
„Ja, weil ... weil du keinen Platz dafür hast."
„Wir haben einen Morgen ungenutztes Land."
„ ... und wir haben keinen Stall."
„Ich habe den Schuppen umgebaut. Es hat den ganzen Tag gedauert."
„Also warst du heute nicht in der Schule, Tom." Sein Vater unterbrach das Packen seiner Sporttasche.
„Das hier war wichtiger", sagte Tom.
„Wie oft müssen wir dir noch sagen, daß eine gute Schulbildung das Allerwichtigste ist! Aber du hörst ja nie zu. Schlechte Noten, mittelmäßige Berufschancen ..."
„Ich bin gut in Musik."
„Und du zeigst keinen Spaß am Sport. Du solltest wissen, wie enttäuschend das für deinen Vater und mich ist."

Tom wich dem „verletzten“ Blick seiner Mutter aus und schaute hilfesuchend zu seiner Großmutter, aber die war mit Kaffeekochen beschäftigt.
„Wenn du mich fragst, versucht er es nicht einmal“, sagte sein Vater.
Eine lastende Stille folgte.
„Also kann ich das Pferd behalten?“ bohrte Tom weiter.
„Dein Vater und ich wollen über dieses Thema nicht mehr reden. Wir sind schon spät dran. Ende der Diskussion.“

Als sie gegangen waren, ging Tom nach draußen, um nach Zephyr zu sehen. Das Pferd wirkte immer noch bedrückt und schwach. Tom rieb sanft seine Ohren und fühlte sich innerlich traurig. Seine Eltern hatten ihm niemals erlaubt, Haustiere zu halten; seiner Mutter hatte es nicht gefallen, auf einem Bauernhof aufzuwachsen, umgeben von Tieren. Sie hatte bestimmt, daß sie ihr eigenes Haus nie mit Tieren teilen wollte. Tom grub sein Gesicht in die Mähne des grauen Pferdes, atmete die Wärme des Tieres und wünschte sich, daß alles anders wäre.

Am nächsten Morgen fühlte Tom sich wie in eine Wolke von Niedergeschlagenheit eingehüllt. Er haßte es, zur Schule zu müssen, aber das schlimmste war der Gedanke, daß er das Pferd nicht behalten konnte.

Seine Mutter schaute von ihrem Müsli auf, gutgelaunt und tüchtig in ihrem fuchsiaroten Trainingsanzug.
„Ich habe ..., wir haben über das Pferd gesprochen. Trotz unserer Bedenken findet es deine Großmutter gut, wenn du das Pferd behältst. Sie denkt, daß das ein nützliches Hobby wäre. Wer weiß, vielleicht entpuppst du dich als Reiter. Du könntest ein Champion im Sport werden." Sie lächelte erwartungsvoll.
Tom wußte, daß sie sich schuldig fühlte, weil sie so viel Zeit für endlose, sportliche Unternehmungen außer Haus verbrachte. Ab und zu hatte sie diese Anfälle von Schuldgefühlen und versuchte dann, ihre Abwesenheit durch ein Geschenk für ihn oder seine Schwester wiedergutzumachen; eine Schachtel türkischen Honig oder ein neuer Pullover. Das Pferd war nichts anderes.
„Danke! Er braucht einen Tierarzt. Das wird teuer."
„Dein Vater wird bezahlen. So, jetzt muß ich gehen. Soll ich dich mitnehmen?"
Er schüttelte den Kopf.
„Gut. Versprichst du mir, heute in die Schule zu gehen?"
„Versprochen. Bis heute abend."
„Ich habe Elternabend, es wird also später."
„Tschüs, Mama." Er saß in der leeren Küche.
„Alles in Ordnung, Tom?" Seine Großmutter schlurfte herein, noch in ihrem Nachthemd und mit offenen Haaren. „Willst du mir das Haar flechten, Tom? Hast du noch Zeit, bevor du in die Schule gehst?"

„Für dich habe ich immer Zeit, Oma“, sagte er und umarmte sie.

Als er am Abend zurückkam, war der Tierarzt schon da gewesen und hatte dem Pferd eine Tetanus-Spritze gegeben. Er hatte Salbe und Creme dagelassen, die in Zephyrs Wunden eingerieben werden mußten, um die Infektion zu heilen.
„Wir müssen die Schnittwunden säubern und jeden Tag frisch verbinden. Die Schnitte an den Hinterbeinen werden mit der Zeit verheilen. Die Wunde an der Schulter ist tiefer und wird eine Narbe hinterlassen. Er braucht Ruhe, Pflege und gutes Futter“, sagte Großmutter. „Das werden wir schon schaffen, nicht wahr?“
Tom nickte. „Wenn er hierbleibt, sollte ich ihm einen Namen geben. Ich habe schon in der Schule darüber nachgedacht. Ich werde ihn Finn nennen, nach Großvater.“

In den nächsten Wochen gewann Zephyr seine Stärke zurück, und da seine Wunden heilten und sein Fell wieder Glanz bekam, konnte Tom sehen, was für ein wundervolles Tier er war.
Der Junge verbrachte jede wache Minute mit ihm, und das Pferd begann bald, auf den Namen Finn zu hören. Sobald er stark genug war, wurde Finn auf das Feld hinter dem Haus gelassen. Er gewöhnte sich an das Halfter, und obwohl ihm die schlechte Behandlung durch Men-

schen in Erinnerung blieb, wußte er, daß ihm von dem Jungen keine Gefahr drohte, und erlaubte ihm, ihn zu pflegen.

„In den letzten Tagen sieht er sehr gut aus", bemerkte Großmutter eines Morgens. „Er galoppiert herum wie ein Wilder und buckelt. Du hast gute Arbeit geleistet. Ich würde gerne wissen, ob er jemals geritten worden ist."

„Es gibt nur einen Weg, das herauszufinden", sagte Tom, kletterte über das Gatter und pfiff schrill.

Es war das erste Mal, daß er nach Finn pfiff, und das Pferd erstarrte einen Moment. Erinnerungen an den alten Mann schossen ihm durch den Kopf, und er holte Henry Absalom zurück, der seine Insel nach der Herde absuchte.

Dann rief Tom „Finn!", und der Bann war gebrochen. Das Pferd trottete hinüber zu dem wartenden Jungen.

„Sei vorsichtig, Tom!" warnte Großmutter.

Tom befestigte ein Seil am Halfter. „Ruhig, mein Junge", besänftigte er ihn, bevor er sich langsam und sachte auf den Rücken des Pferdes schwang.

Finn stand still, verwirrt. Der Junge war leicht, aber er hatte weder Mensch noch Sattel bisher auf dem Rücken gehabt, und das war eine neue Erfahrung. Er ging einen Schritt vorwärts, und das Gewicht ging mit ihm. Tom lehnte sich nach vorne über den Hals des Pferdes, streichelte es und flüsterte mit ihm.

Junge und Pferd standen einige Zeit in dieser Position,

bis Finn schließlich spürte, daß er nichts zu befürchten hatte. Er wanderte weiter und senkte den Kopf, um zu grasen. Tom blieb die nächste Stunde auf dem Pferderücken, bat oder befahl Finn, weder sich zu bewegen noch stehenzubleiben. Er blieb einfach nur sitzen und bewegte sich mit ihm.

Nach diesem Muster verfuhr Tom die nächsten paar Abende, bis Finn sich mit dem Jungen auf dem Rücken ganz entspannen konnte. Allmählich brachte er Finn dazu, zu gehen oder zu halten, wenn er ihn dazu aufforderte. Dabei befolgte er die Ratschläge seiner Großmutter, wie man Finn mit dem Halfter lenkte, so daß das Pferd die gesprochenen Befehle mit den Bewegungen in Verbindung brachte.
Es war ein langer und arbeitsreicher Prozeß, aber Tom war geduldig und drängte sein Pferd nie. Am Ende war Finn so erzogen, daß er auf die gesprochenen Befehle reagierte.
„Er ist so ein sanftes Pferd", sagte Tom eines Tages beim Abendessen. Seine Eltern sagten nichts.
„Vielleicht, weil ich ihn nie einschüchtere und keine Gerte benutze. Er braucht nie einen Sattel oder Zaumzeug."
„So, und wie willst du dann mit ihm an Wettkämpfen teilnehmen? Du wirst keinen Turnierspringer sehen, der ohne Sattel reitet", sagte sein Vater.
„Wer sagt denn, daß ich Wettkämpfe reite?"

„Nun, deine Mutter und ich dachten eigentlich ..."
„Ihr wißt, wie sehr ich Wettkämpfe hasse. In jeder Beziehung." Tom wurde ungeduldig mit ihnen, und für dieses Mal ließen sie das Thema fallen.

„Ich bin so froh, daß mit deinem Pferd alles in Ordnung ist. Ich würde es sehr gerne sehen. Beschreibe es mir", sagte Jac nach dem Abendessen.
„Ja, er ist silbergrau mit einer langen Mähne, und im Schweif hat er eisengraue Haare. Er hat ein freundliches Gesicht mit großen, intelligenten Augen. Und manchmal, wenn er auf dem Feld steht, den Hals gereckt, den Kopf erhoben, sieht er aus wie der Führer einer Herde wundervoller, wilder Pferde."
„Vielleicht war er das einmal", sagte Jac.

Kapitel 7

Die Monate vergingen, und es entwickelte sich ein starkes Band zwischen dem Jungen und dem Pferd. Finn zu haben, gab Tom einen Fixpunkt im Leben, machte den Ärger in der Schule wett und, was noch besser war, die Nörgeleien seiner Eltern. Eines Samstag nachmittags, als seine Eltern beim Einkaufen waren und seine Großmutter schlief, vertraute er sich Jac an.

„Mam und Dad nerven immer wieder mit der Zukunft und meiner Karriere. Sie sind besessen von Schulabschluß und Qualifikationen. Es macht mich krank."

„Ich weiß, daß es nervt, Tom, aber sie denken nur an dich. Du kommst nicht weit ohne Abschluß", antwortete Jac.

Tom grunzte. „Es kommt darauf an, was du unter ‚Weiterkommen' verstehst. Zehn Einser kurbeln deine Karriere als Sängerin auch nicht an, oder?"

Jac gab ihm recht, fügte aber hinzu: „Wenn ich aber meine Meinung über das Singen ändere oder irgendwas mich daran hindert, wäre das etwas, worauf ich notfalls zurückgreifen könnte."

„Ich kann froh sein, wenn ich überhaupt die Abschlußprüfung bestehe, geschweige denn den Notendurchschnitt erreiche, den Mam und Dad sich vorstellen. Na ja, alles, was ich will, ist, mit dir und Finn zu leben, nur wir drei. Wir könnten Musik schreiben und spielen und Finn reiten. Vielleicht könnten wir ein Tierheim aufmachen und uns um kranke und verlassene Tiere kümmern. Das ist alles, was ich will."
Jac lächelte. „Das klingt idyllisch, Tom. Aber wie sollen wir Geld zum Leben verdienen?"
„Du bist doch dann eine berühmte Sängerin", lachte Tom.
Bruder und Schwester verbrachten einige fröhliche und friedliche Stunden zusammen und hörten Musik, bis Jacs Begleiter kam, um mit ihr an den Liedern zu arbeiten, die sie für die Endausscheidung eines großen Sängerwettbewerbs vorbereitete, der Freitag abend stattfinden sollte.
Tom wußte, daß es für ihn Zeit wurde zu verschwinden, und er nahm Finns Zügel und ging zum Stall.
Finn kaute Heu und schaute zuerst kaum auf. Tom lehnte an der Tür und betrachtete die perfekten Formen und den noblen Kopf des grauen Pferdes. Er versank in die Pracht seines geliebten Freundes und überlegte, wie schon so oft, wo dieses Pferd wohl herkam. Am Anfang hatte er noch einen Anruf der Polizei erwartet und gefürchtet, daß sie Finns Eigentümer gefunden hatte und daß er ihn sofort zurückgeben mußte.

Aber als die Zeit verging und niemand das Pferd als vermißt meldete, fühlte Tom sich immer sicherer, daß Finn bei ihm bleiben würde. Finn schlenderte hinüber zu dem Jungen und blies ihm ins Gesicht, teilte so sanft das weiche, farblose Haar.
„Oh, Finn“, seufzte Tom. „Was würde ich tun, wenn ich dich verlieren würde?“

Im Endspurt auf Jacs Gesangswettbewerb wurde der Haushalt der Familie Sayers zunehmend bewegter und aufgeregter. Jac selbst sah bei dem Wettbewerb hauptsächlich das Ende, und das bedeutete einen netten Geldpreis und, noch wichtiger, eine große Tournee durch Japan und Südostasien.
Toms Eltern dagegen begeisterte der Wettstreit an sich. Tom versuchte, der gespannten Atmosphäre zu entgehen, indem er immer mehr Zeit mit Finn verbrachte und ohne Sattel über die Hügel ritt. Er fand es schrecklich, an einem Wettkampf teilnehmen zu müssen, auch nur als Zuschauer.

Als sie am Freitag abend mit dem Auto nach London fuhren, war Tom nervöser als seine Schwester. Jac war wie immer heiter und gelassen.
„Du mußt drei Lieder singen, nicht wahr?“ fragte ihre Mutter und versuchte, Konversation zu machen.
„Ja, Schubert, Britten und Strawinsky. In Deutsch, Englisch und Russisch.“

„In drei Sprachen zu singen", staunte ihr Vater, der immer von Jac beeindruckt war. „Ein Wunder, daß du dir das alles merken kannst."

„Wenn man blind ist, ist ein gutes Gedächtnis die Hauptsache. Ich hasse es, in der Öffentlichkeit die Noten in Blindenschrift zu lesen. Jeder sieht, wie deine Finger über das Papier tasten."

Tom wußte, wie wenig es Jac mochte, wenn Leute von ihrer Behinderung wußten. Wenn man sie ansah, konnte man kaum glauben, daß mit ihren Augen irgend etwas nicht in Ordnung war. Vor ihrem Auftritt würde sie schnell den Weg auf die Bühne lernen, damit sie nicht hingeführt werden mußte. Am Anfang ihrer Karriere hatte sie bald gemerkt, daß man sie als die „blinde Sängerin" ankündigte, wenn ihre Behinderung bekannt wurde. Sie war sicher, daß das die Einstellung des Publikums zu ihr änderte, weil Mitleid dazukam. Je mehr Tom über Jacs Willen zum Erfolg nachdachte, um so mehr wurde er sich seines Mangels an Ehrgeiz bewußt.

Der Konzertsaal war gestopft voll, und Tom nahm an, daß viele Kritiker und Journalisten da waren, ebenso Agenten, die nach neuen Talenten Ausschau hielten. Als Jac an der Reihe war zu singen, bestand Toms Magen nur noch aus Schmetterlingen. Er wurde immer für sie aufgeregt, wenn sie auftrat. Wie immer waren seine Befürchtungen unbegründet. Denn sie gab die Lieder

fehlerlos wieder. Aber genauso machten es einige andere Sänger, und als die Jury die Punkte bekanntgab, zeigte sich, daß eine andere Mezzosopranistin die Gewinnerin war; Jac folgte dicht darauf als Zweite.
Jac war etwas enttäuscht, doch lange nicht so sehr wie ihre Eltern. Und sie freute sich über den beachtlichen Geldpreis, den sie bekam.
„Japan muß eben dieses Jahr ohne mich zurechtkommen", sagte sie lächelnd.
Es folgte ein Festessen mit Champagner in einem teuren Restaurant, und die Familie kam erst in den frühen Morgenstunden nach Hause zurück. Infolgedessen verschlief Tom am Samstag, und es war schon zehn Uhr, als er endlich aufstand, um nach Finn zu sehen. Das graue Pferd wartete ungeduldig auf das Futter. Tom füllte Finns Futterkrippe auf und putzte das Pferd, während es fraß, bevor er es aufs Feld hinausließ. Finn galoppierte und schlug voller Freude aus, während Tom zusah.
„Du bist ein wundervolles Pferd", dachte Tom laut. „Das brauche ich nicht zu beweisen, indem ich dich herzeige, mit dir Wettkämpfe springe oder ausreite. Heißt das denn, daß ich nicht normal bin?"

Inzwischen war es Anfang Mai, und die Abende wurden länger und heller. Aber Toms Freizeit nach der Schule mit Finn wurde von seinen Eltern gekürzt. Sie verlangten, daß er zusätzlich für seine gefürchteten Prü-

fungen lernte. Er war besonders schwach in Mathe, und nach einem miserablen Nachmittag mit dem Fach in der Schule kam er nach Hause, fühlte sich müde und zerschlagen und war erstaunt, daß Jac gerade einen Koffer in ein wartendes Taxi einlud.
„Was ist los, Jac?"
„Tolle Neuigkeiten", sagte sie und umarmte ihn. „Erinnerst du dich noch an die Mezzosopranistin, die den Gesangswettbewerb gewonnen hatte? Ja, sie kann ihr Tournee-Engagement in Japan nicht erfüllen. Sie bekam eine Virusinfektion nach der halben Tour. Schlimm für sie, ich weiß. Aber jetzt soll ich einspringen. Ist das nicht wundervoll?"
„Gut ... ja", gab Tom zu. „Aber du fährst doch nicht jetzt sofort?"
„Ich muß. Es ist alles sehr knapp, und mein Flug ist schon gebucht."
Plötzlich fühlte Tom sich unsicher. Er hatte immer gehofft, daß Jac Erfolg haben würde, aber jetzt, wo für sie alles gut lief, wurde er unsicher. Er war daran gewöhnt, daß Jac da war und er mit ihr reden konnte. Sie war sein einziger echter Freund, außer Finn.
„Schau nicht so mürrisch", sagte Jac. „Es ist nicht für immer. Nur drei Monate."
Tom kam es vor wie ein ganzes Leben.
„Ich werde dich vermissen, Jac."
„Ich weiß."

„Noch eine Ansichtskarte von Jac. Sieht aus, als ob es ihr gutgeht. Ein harter Job." Toms Vater reichte sie über den Tisch. „Jetzt sind es sechs Wochen."
„Hmm." Tom warf einen flüchtigen Blick auf die Karte. Er war mit seinen Gedanken woanders, denn er war sich bewußt, daß die erste Prüfung, in Englisch, in zwei Tagen stattfand.
„Ich hoffe, du lernst fleißig", sagte seine Mutter, womit sie seine Gedanken las.
„Du bist gut! Er verbringt noch viel zuviel Zeit mit dem Pferd. Eines Tages, mein Junge, wirst du schon merken, was in diesem Leben wirklich wichtig ist."
„Ich weiß schon", murmelte Tom leise.
„Wenn du mit dem Essen fertig bist, vergiß nicht, Oma beim Abwasch zu helfen, bevor du mit den Hausaufgaben anfängst. Dein Vater und ich gehen Badminton spielen."
Tom war erleichtert, als sie weggingen und ihn mit seiner Großmutter allein ließen.
„Dieser Prüfungsdruck macht mich krank", beklagte er sich. „Er hält mich von Finn fern."
„Du denkst, die Welt besteht aus diesem Pferd, nicht wahr?" Sie lächelte in sich hinein. „Ich glaube, mein lieber alter Finn hätte viel von deinem Finn gehalten."
„Das freut mich", antwortete Tom. „Ich wünschte, ich hätte die Möglichkeit gehabt, Großvater kennenzulernen. Ich wette, er war großartig."
„O ja, das war er." Großmutter schaute sehnsüchtig.

„Ich vermisse ihn immer noch. Es ist furchtbar, von dem getrennt zu sein, den man liebt."
Tom dachte an Jac und überlegte, was sie wohl gerade tat. Er fühlte sich unbehaglich und wechselte das Thema.
„Es ist ein schöner Abend. Warm, aber nicht heiß. So mag ich es am liebsten. Genau richtig für einen langen, gemächlichen Ritt."
„Dann los!" sagte seine Großmutter.
„Aber was wird aus dem Lernen? Mam und Dad würden ausrasten, wenn sie wüßten ..."
„Dann werden wir es ihnen eben nicht erzählen. Der eine Abend macht nichts aus. Ich bin sowieso etwas müde und kann ja ein kleines Schläfchen halten. Los, geh schon!"
Es tat gut, draußen an der frischen Luft zu sein. Tom rannte auf das Feld, pfiff nach Finn und sprang auf den Rücken des Pferdes.
„Freiheit, Finn", rief er, und Finn schüttelte als Antwort den Kopf. Sie trabten die Feldwege entlang, atmeten den Duft von Sommerblumen ein, hörten auf Vogelgesang, und nach einer Weile hatte Tom Schule und Prüfungen vergessen. Sie ritten im Handgalopp über die Hügel, sprangen über Hecken und Gräben, und als die Sonne unterging, stieg Tom ab, legte sich auf den Rükken und beobachtete den dunkelnden Himmel, während Finn graste. Er fühlte sich völlig entspannt und glitt in einen wohltuenden Schlaf.

Einige Zeit später erwachte er mit einem Ruck durch Finns Wiehern. Der Hengst stand still, seine Silhouette zeichnete sich im Mondlicht ab, und er rief in der einsamen Nacht nach einer eingebildeten Herde. Es war ein unheimlicher Laut.
Tom sprang auf die Füße und sah auf die Uhr.
„O nein, es ist nach zehn! Mam und Dad sind sicher schon zu Hause. Sie werden wütend sein."
Finn schien widerwillig wegzugehen, aber Tom drängte ihn nach Hause und überlegte, wie er dem unvermeidlichen Ärger mit seinen Eltern aus dem Weg gehen könnte.
Als er sich dem Haus näherte, hörte er laute Stimmen und etwas, das wie das Weinen seiner Mutter klang. Er bog in die Einfahrt ein, sah die hellen Lichter und fröstelte, als er in dem Auto einen Krankenwagen erkannte.
„Was ist hier los?" schrie er und glitt von Finns Rücken. Er sah, wie eine Tragbahre eingeladen und die Türen zugemacht wurden. „Was ist hier los?" wiederholte er, seine Stimme überschlug sich.
„Das ist deine Schuld!" weinte seine Mutter. „Wo warst du denn, als sie dich gebraucht hätte? Weg, mit diesem verdammten Pferd!"
Tom sah hilflos zu seinem Vater. „Was ist denn passiert?"
Sein Vater starrte Tom verdutzt an, das Gesicht seltsam verzerrt vor Erregung. „Sie ist tot. Deine Oma ist tot."

Kapitel 8

Das klang so endgültig.

Tom wurde blaß. „Das kann nicht sein."

„Herzanfall. Es ist wahr, Sohn." Seine Stimme wurde weich. „Deine Mutter ist außer sich. Sie hat es nicht so gemeint. Es war ein Schock, nach Hause zu kommen und Oma so vorzufinden. Sie lag im Stuhl und war schon tot."

„Aber wenn ich hier gewesen wäre, hätte ich den Krankenwagen rufen können", sagte Tom. „Vielleicht hätten sie sie noch retten können."

In dieser Nacht schlief er kaum, quälte sich mit Schuldgefühlen. Er konnte immer noch seine Mutter unten schluchzen hören. Sie hatte ununterbrochen geweint. Sein Vater hatte sie nicht beruhigen können, und sie weigerte sich, mit Tom zu sprechen. Immer wenn sie ihn ansah, war Haß in ihren Augen. Er hatte nie bemerkt, wie sehr sie an ihrer Mutter gehangen hatte.

Am nächsten Tag blieb sie zu Hause, und das erste Mal in seinem Leben war Tom froh, daß er in die Schule fahren und so ihren anklagenden Blicken entgehen konnte. Aus Gründen, die er nicht verstand, war er gefühllos. Er hätte doch wie seine Mutter reagieren müssen, ständig tränenüberströmt und untröstlich. Schließlich war er der Großmutter nähergestanden als irgend jemand sonst. Er dachte, daß er wohl doch ein gefühlsarmer Typ war.

„Die Beerdigung ist am Freitag", erzählte ihm sein Vater beim Essen. Seine Mutter lag im Bett.
„Wird Jac nach Hause kommen?" fragte Tom, der sie mehr denn je vermißte.
„Wir haben beschlossen, es ihr nicht zu sagen, bevor die Tournee vorbei ist. Es wäre nutzlos. Sie würde darauf bestehen, die Auftritte abzusagen und zurückzukom men. Aber das ist ihre große Chance. Die wollen wir ihr nicht kaputtmachen."
Tom war entsetzt. „Aber glaubt ihr denn nicht, daß sie es erfahren will?"
„Es ist nur zu ihrem Besten, Tom. Es wäre niemandem gedient, wenn sie jetzt hier wäre."
Tom fühlte sich so einsam wie noch nie. Jac war weit weg, Großmutter nicht mehr da, seine Mutter haßte ihn, und mit seinem Vater war er nie besonders vertraut gewesen. Jetzt gab es nur noch Finn. Dem Himmel sei Dank für Finn!

Am nächsten Tag ging er wie betäubt zur Schule. Seine Klassenkameraden ärgerten ihn heute nicht; sie hatten vom Tod seiner Großmutter gehört und abgesprochen, Tom in Ruhe zu lassen. Dieses Mal hatten sie Gewissensbisse.

Wie benommen ging er in den Prüfungsraum, setzte sich an den Tisch und wartete auf die Aufgaben. Er erinnerte sich vage, daß es Englisch war, aber die Aufsatzthemen verschwammen zu einem. Es schien alles so unwichtig. Er legte seinen Kopf auf den Tisch und verschlief die erste Stunde. Dann wurde ihm erlaubt, den Raum zu verlassen und nach Hause zu gehen. Er ging langsam heimwärts, und als er an dem Platz vorbeikam, wo er vor so vielen Monaten Finn gefunden hatte, hielt er an.

Wenn er zu Hause geblieben wäre, in dieser Nacht, anstatt auszureiten? Was wäre passiert? Würde seine Großmutter heute noch leben, wenn er das Pferd nicht gefunden hätte? Auf diese Fragen fand er keine Antwort.

Die nächsten zwei Tage mied er Finn, zum Teil aus Schuldgefühlen, zum Teil, weil er hoffte, daß seine Mutter ihm dann vergeben würde. Aber im Moment war ihr Verstand wirr vor Kummer, und Tom merkte bald, daß eine Trennung von Finn ihn noch unglücklicher machte.

Er überlegte, wie sich wohl das Leben verändern würde, jetzt, wo Großmutter nicht mehr hier war. Würde es sich überhaupt verändern? Konnten seine Eltern weiterhin jeden wachen Moment entweder arbeiten oder zum Sport gehen? Großmutter hatte das Haus und die Familie zusammengehalten, indem sie die Hausarbeit und die Sorge für alle übernommen hatte. Jetzt, da Jac Karriere machte, würde auch sie immer seltener zu Hause sein. Sie mußte womöglich nach London ziehen. Plötzlich stellte Tom sich vor, wie er jeden Tag von der Schule in ein leeres Haus kommen und lange Abende allein verbringen würde.

„Zieh deinen Mantel an", sagte seine Mutter kurz angebunden am nächsten Abend. „Wir gehen zur Aussegnungshalle, um deine Großmutter zu sehen."
Die Halle lag am Stadtrand, an einem öden, einsamen Ort in einer flachen Gegend. Tom fand, daß sie nicht viel besser aussah als eine Hütte. Er war noch nie an so einem Ort gewesen und fühlte einen starken Widerwillen hineinzugehen. Innen war es dunkel, und es roch süßlich und muffig. Der Sarg aus hellem Teakholz mit Messinggriffen stand auf einem Tisch; an jedem Ende brannten Kerzen. Seine Mutter weinte wieder, und sein Vater sah sehr unbehaglich drein.
Ein runzliger, älterer Mann, der neben dem Sarg gesessen hatte, stand auf und begrüßte sie.
„In etwa einer Stunde muß ich absperren. Der Leichenbestatter hat gute Arbeit geleistet. Ich bin sicher, daß Sie zufrieden sein werden", sagte er mit salbungsvoller Stimme. „Sie trägt lila Satin, wie Sie es gewünscht haben. Ihre Lieblingsfarbe, haben Sie gesagt. Genau das

gleiche Material, aus dem die Kleider der Brautjungfern von Prinzessin Di gemacht waren."

Tom fühlte sich wie in einem bizarren Traum.

„Komm und erweise ihr die letzte Ehre", forderte ihn sein Vater auf.

Seine Mutter beugte sich schon über den Sarg. „Sie sieht so gut aus, wie Dornröschen. Komm und sag auf Wiedersehen zu deiner Oma, Tom."

Er blickte in den Sarg und kämpfte gegen die aufkommende Übelkeit. Die Gestalt, die da lag, war weiß wie Marmor, mit knallroten Lippen und Wangen. Das lange graue Haar war über die Schulter gelegt, die Arme über der Brust gekreuzt und die Augen geschlossen. Sie sah aus wie aus Wachs.

„Das ist nicht Oma", murmelte er.

„Was hast du gesagt?" Seine Mutter küßte die Gestalt auf die Stirn und stand auf. „Sieht sie nicht friedlich aus? Los, Tom! Du mußt sie zum Abschied küssen. Sie beißt nicht."

„Ich kann nicht." Tom schüttelte sich.

Seine Mutter sah verletzt und ärgerlich aus. „Du mußt. Sie ist deine Oma."

„Berühre sie nur, Tom, wenn du denkst, daß du sie nicht ..." Sein Vater nahm seine Hand fest und legte sie auf die Stirn. Tom zuckte zurück. Es fühlte sich hart und kalt an; eiskalt. Ein Übelkeit erregender Gedanke schoß ihm durch den Kopf. Natürlich war das Eis. Auf Eis gelegt wird die Leiche erhalten und stinkt nicht. Immer-

hin war es Sommer, und die Leiche mehrere Tage alt.
„Küsse sie!“ befahl seine Mutter. „Küsse sie!“
Die Worte hallten in seinem Kopf, und Tom konnte es nicht länger ertragen.
„Nein!“ schrie er und rannte plötzlich, er wußte nicht wohin. Nur weg von diesem Ort und von dieser Hülle, die einmal seine geliebte Oma gewesen war.
Er rannte fast die vier Meilen nach Hause und brach keuchend im Stall zusammen. Als er wieder zu Atem kam, verbarg er sein Gesicht in der Pferdemähne und schluchzte.
„O Finn, sie ist für immer gegangen. Wir werden sie nie wiedersehen.“ Dann erinnerte er sich an das letzte Mal, als er seine Großmutter gesehen hatte, wie sie lächelnd in der Küche stand und ihn ermunterte auszureiten. Sie hatte ihn immer unterstützt, war immer für ihn eingetreten. So wollte er sie in Erinnerung behalten, nicht wie dieses Ding in der Leichenhalle.
„Komm, Finn, heute nacht laufen wir mit dem Mond um die Wette.“

Kapitel 9

„Der Briefträger war da. Willst du den Brief aufmachen?“ Sein Vater hielt ihm einen langen braunen Umschlag entgegen, und Tom wußte sofort, daß es seine Examensergebnisse waren.
„Nein, mach du ihn auf.“
Es war Mitte August. Jac war kurz zurückgekommen, hatte um Großmutter geweint und war dann auf eine Tournee nach Skandinavien gegangen.
Toms Mutter hatte aufgehört zu trauern und war zu ihrer normalen Art zurückgekehrt, außer daß sie ihm gegenüber immer noch zurückhaltend war.
„Genauso, wie wir es erwartet haben“, sagte sein Vater erbittert. „Du bist überall durchgefallen, sogar in Musik.“
„Ist mir egal.“
Plötzlich explodierte sein Vater. „Wir wissen, daß es dir egal ist. Du machst es dir sehr einfach. Um Himmels willen, Tom, was willst du denn aus deinem Leben machen?“
„Ständig meckerst du an mir rum“, schrie Tom. „Oma

hat mich nie so behandelt. Sie interessierte es, was ich wollte. Das hat dich noch nie interessiert."

„Das Problem ist, daß deine Großmutter dich in diesem Unfug mit den Pferden unterstützt hat. Deshalb kann man mit dir zur Zeit nicht vernünftig reden."

Tom weigerte sich, weiter zuzuhören, und verließ unvermittelt den Tisch.

Er schmiß sich aufs Bett, und eine Welle von Depression schlug über ihm zusammen. Seine Eltern hatten recht. Irgendwann mußte er über seine Zukunft entscheiden. Er dachte an Finn und erinnerte sich, wie seine Mutter einmal gesagt hat, daß es dumm sei, alles auf ein Pferd zu setzen. Was, wenn ihm irgend etwas passierte?

Tom dachte darüber nach, wie wundervoll es wäre, wenn Finns Stammbaum fortgesetzt werden würde, und er malte sich eine Reihe herrlicher Hengst- und Stutfohlen aus, die alle von Finn abstammten. Das war es! Seine Zukunft! Er und Finn würden sich ihre Zukunft teilen. Er würde ein Gestüt gründen. Mit so einem wundervollen Hengst würden die Leute sehr viel Geld bezahlen, damit Finn der Vater ihrer Fohlen wurde. Er würde am Anfang einer langen Linie von Siegern stehen. Das erste Mal seit Monaten hatte Tom wieder Hoffnung. Natürlich würden seine Eltern den Plan nicht unterstützen. Sie würden einwenden, daß er nicht die geringste Ahnung von Pferdezucht habe, und sie hätten recht. Er würde es lernen müssen.

Als die Schule im September zu Ende war, verbrachte er den nächsten Tag, zum Erstaunen seiner Eltern, in der Stadt bei der Berufsberatung. Nach einiger Zeit hatte er genau das gefunden, was er gesucht hatte. Es gab eine landwirtschaftliche Schule in Yorkshire, über hundert Meilen entfernt, wo man ein Diplom als Pferdewirt machen konnte, mit Spezialisierung auf Zucht und Haltung. Es war ein neuer und umfassender Kurs, der Landwirtschaft mit Pferdehaltung, veterinärmedizinisches Wissen und Geschäftsführung beinhaltete und drei Jahre dauerte. Toms Begeisterung wuchs, als er las, daß die Schule Ställe für vierzehn Pferde hatte und daß die Studenten eigene Pferde mitbringen konnten.

„Das ist es", sagte er laut. Dann fiel sein Blick auf die Zulassungsbedingungen, und sein Mut sank.

„Die Schüler müssen in der Regel vier Fächer mindestens mit der Note Befriedigend abgeschlossen haben, darunter Englisch und Mathematik/Naturwissenschaften", las er.

Er ging zum Schreibtisch hinüber und sprach mit der Berufsberaterin. „Ich muß in diese Schule gehen", sagte er. „Aber ich habe die Abschlußprüfung nicht bestanden. Ich halte es nicht aus, zurück auf die alte Schule zu müssen und die Klasse zu wiederholen."

„Haßt du die Schule so sehr?" fragte sie.

Tom nickte.

Die Frau lächelte. „Es gibt eine Alternative."

Im Dezember schickte Tom seine Bewerbungsunterlagen zu der Landwirtschaftsschule. Bei der örtlichen Abendschule hatte er sich für die Kurse Englisch, Mathematik, Biologie und Musik eingeschrieben. Er ging von Montag bis Donnerstag jeden Abend in die Kurse und arbeitete den ganzen Freitag und Samstag in einer Buchhandlung, um sein Fahrgeld und die Bücher zu bezahlen. Dieses Mal würde er es schaffen. Wenn er nicht mit Finn draußen war oder sich auch nur mit ihm beschäftigte, saß er in der Stadtbücherei und las Bücher über Pferdezucht und -haltung.

Seine Mutter freute sich insgeheim über seine Fortschritte, aber sie zeigte es nie. Sie pflegte noch die Bitterkeit über den Tod ihrer Mutter. Sein Vater verbrachte immer mehr Zeit damit, bis spät zu arbeiten, und immer weniger, mit seiner Frau Badminton und Squash zu spielen. Tom hatte bemerkt, daß sie immer kühler miteinander umgingen, und er hörte, wie seine Mutter einmal am Telefon zu Jac sagte, sie nehme an, daß ihr Mann sich mit einer anderen Frau treffe.

Jac war in eine Wohnung im Norden Londons gezogen, mit einem norwegischen Tenor, den sie auf der Skandinavien-Tournee kennengelernt hatte. Sie kam kaum noch nach Hause.

Im folgenden August, als die Prüfungsergebnisse mit der Post ankamen, war Tom nicht mehr so unsicher wie im letzten Jahr. Er riß den Umschlag auf, sein Herz raste. Er war unter Vorbehalt für den Diplom-Kurs zuge-

lassen worden. Wenn er den Abschluß schaffte.
Er wagte es kaum, die Ergebnisse zu lesen.
„Ich kann nicht", sagte er und gab die Papiere seiner Mutter. „Lies du es."
Langsam und bedächtig las sie: „Englisch und Mathematik Note Drei, Biologie Note Zwei, Musik Note Eins. Du hast es geschafft, Tom!" Zu seiner Überraschung umarmte sie ihn. „Ich bin so stolz", sagte sie leise.

An einem nassen und windigen Septembertag fuhr ein Pferdetransporter in den Hof, um Tom und das Pferd abzuholen. Ein alter Freund seiner Großmutter, Jack Grain, hatte sich bereit erklärt, ihn für die Benzinkosten nach Yorkshire zu bringen.
„Dein Koffer ist auf dem Vordersitz. Was ist mit der Ausrüstung des Pferdes, Sattel und so?" fragte Jack Grain.
„Er hat keinen Sattel und kein Zaumzeug", antwortete Tom und führte das graue Pferd aus dem Stall.
Der Mann schüttelte den Kopf. „Es ist kein wildes Pferd, oder? Ich werde kein wildes Pferd in meinem Anhänger fahren."
„Er ist in Ordnung, Mr. Grain. Aber ich glaube nicht, daß er schon jemals in einem Pferdeanhänger gewesen ist", sagte Tom.
Finn trat vorsichtig auf die heruntergelassene Rampe und schnupperte argwöhnisch in die Luft, seine Ohren drehten sich vor und zurück.

„Ist ja gut, Finn. Es wird dir nichts passieren.“ Tom tätschelte das Pferd beruhigend.
Langsam brachte Tom das graue Pferd in den wartenden Anhänger.
„Ich glaube, jetzt geht es. Er vertraut mir“, sagte Tom. „Aber wenn es Schwierigkeiten gibt, fahre ich mit ihm hinten mit.“
Jack Grain grunzte und kletterte auf den Fahrersitz.
„Zeit, Abschied zu nehmen“, sagte Toms Mutter. Sie küßte ihn leicht auf die Stirn, und für einen ernüchternden Moment blitzte die Erinnerung an den Vorfall in der Aussegnungshalle in seinem Gedächtnis auf. Er sah zum Küchenfenster und bildete sich fast ein, daß dort seine Großmutter stand und winkte.
„Viel Spaß und sei fleißig“, sagte sein Vater.
„Ganz sicher!“ Tom kletterte auf den Beifahrersitz, und weg waren sie.
Es war eine lange und langweilige Fahrt. Jack Grain war nicht sehr gesprächig. Nach einigen vergeblichen Versuchen, eine Unterhaltung anzufangen, gab Tom es auf und starrte träumend zum Fenster hinaus, ohne zu wissen, daß seine Pläne für das graue Pferd so eng mit denen Henry Absaloms verbunden waren.
Sie waren fast sechzig Meilen gefahren, als Jack Grain sagte: „Ich werde da drüben in das Café gehen. Willst du etwas trinken?“
„Danke. Ich seh' erst nach Finn. Er will sicher mal die Beine vertreten, also werde ich ihn um den Parkplatz

führen." Sie klappten die Rampe herunter, und Tom ließ das Pferd rückwärts heraus. Finn schüttelte den Kopf und stakste etwas, als Tom ihn um den halbleeren Parkplatz führte. Tom merkte, daß Finn aufgeregt wurde, dachte aber, das läge an der langen Reise und dem Verkehrslärm. Dann hörte er einen Summton über sich, der immer lauter wurde. Als er hinaufschaute, sah er einen Hubschrauber herunterfliegen. Finn bäumte sich auf und riß ihm den Führstrick aus der Hand.
„Hooo, Finn, guter Junge!" Aber das graue Pferd erlebte das Geschehen auf der Insel noch mal, erinnerte sich an die Verfolgung mit dem Hubschrauber durch die Wilddiebe und den Stich von dem Betäubungsgeschoß. Innerhalb von Sekunden jagte Finn quer über den Platz und suchte nach einem Ausweg. Verzweifelt wollte er seinem fliegenden Feind entkommen.
Jack Grain rannte hinter Finn her, griff nach dem Seil, aber verfehlte es jedesmal.
Finn sah die offenen Felder, die sich hinter dem Café erstreckten. Aber an dem Begrenzungszaun standen überall Autos, und er konnte keine Lücke finden. Plötzlich drehte er sich um.
„Sei unbesorgt, Tom. Da kommt er nicht drüber. Der Zaun ist fast zwei Meter hoch, und die geparkten Autos lassen ihm keine Lücke."
Tom hielt den Atem an, als Finn seine ganze Kraft zusammennahm und auf den Zaun zugaloppierte.
„Das glaub' ich nicht. Er bringt sich um." Auf Jack

Grains Gesicht stand ungläubiges Staunen, als Finn absprang und durch die Luft flog. Die Hinterbeine unter sich, nahm er das Hindernis und landete weich auf der anderen Seite.
Tom rief und pfiff, aber das Pferd nahm keine Notiz davon.
„Jetzt habe ich ihn verloren", sagte Tom, als Finn in der Ferne verschwand.
„Die Polizei wird ihn finden. Irgend jemand. Außerdem wird er sicher nach Hause zurückkommen", versicherte ihm Jack Grain.
Die Worte konnten Tom nicht beruhigen. Wo war das graue Pferd wirklich zu Hause?

WIRBELWIND

Kapitel 10

Finn galoppierte, bis er völlig erschöpft war. Als es Nacht wurde, verschnaufte er kurz und lief weiter, bis die Felder kleiner wurden und er ein Dorf erreichte. Es war noch nicht fünf Uhr am Morgen, und im Dorf schlief noch alles. Er hielt an, um Gras von einem üppig grünen Rasen unter der Straßenlaterne zu fressen. Dann wanderte er weiter, die enge Hauptstraße hinunter.
Während der nächsten Woche legte er fast siebzig Meilen zurück. Er stahl Heu aus einer kleinen Koppel mit zwei Eseln und wurde von mehreren erbosten Gärtnern verjagt, weil er über ihre Blumenbeete getrampelt war. Die ganze Zeit strebte er nach Norden, zur Küste, wohin sein Instinkt ihn führte.
Aus September wurde Oktober, dann November, und Finn zog weiter. Das Wetter wurde kälter, und sein Winterfell wuchs dick und lang, um ihn vor dem bevorstehenden Schnee zu schützen.
Schon bald war Gras nur noch selten zu finden, der hartgefrorene Boden trug nur noch einzelne braune Stengel. Finn suchte den Schutz eines dichten Waldes,

quetschte sich durch Dornengestrüpp und Hecken, um tief hineinzudringen. Dort verbrachte er einige Zeit, merkte aber bald, daß er wieder herausmußte, um mehr Futter zu finden.
Dabei entdeckte er eine Reihe von Häusern, am Rande einer Stadt, die an den Wald grenzte. Er fand eine Lücke im Zaun und traute sich in einen Garten, auf der Suche nach etwas Gras.
Er bemerkte nicht, daß die Bewohnerin des Bungalows ihn durch die geteilten Vorhänge beobachtete.

Sylvie Mallory war ungefähr sechzig Jahre alt, schon recht früh durch eine Krankheit gebrechlich geworden. Da sie keine Verwandten mehr hatte und auch wenig Kontakt zu ihren Nachbarn, war sie eine einsame Frau. Sie hatte große Freude daran, die Vögel in ihrem Garten zu beobachten, und sie fütterte sie regelmäßig. Das Pferd war wirklich ein überraschender Besucher. Sie holte einen Sack Karotten aus ihrer Speisekammer und öffnete die Hintertür. Das Pferd schaute auf, und sie dachte einen Moment, daß es wegrennen wollte, bevor sie das Futter hinlegen konnte. Aber Finn zögerte, und sie konnte die Karotten auf den Weg legen und zurückgehen, um dem Pferd beim Fressen zuzusehen.
Es hatte die Karotten schnell weggeputzt, und sie überlegte, was sie ihm noch geben konnte. Nach einigem Wühlen in der Küche fand sie ein halbes, altbackenes Brot, brach es in Stücke und warf es aus dem Fenster.

Sie freute sich und wünschte, daß sie mehr zum Hergeben hätte.
Finn hatte das Brot zur Hälfte geschafft, als ein Auto Gas gab und eine Fehlzündung hatte. Schnell wie der Blitz war er verschwunden und Sylvie Mallory wieder allein.

Der erste Schnee fiel am Heiligabend, und als Finn Harry Walters Hof erreichte, war es fast Mitternacht. Der Hof bestand aus unordentlich verstreuten Wirtschaftsgebäuden, Meilen von dem nächsten Haus entfernt.
Ein schwaches Licht schien durch das Fenster des Bauernhauses, sonst lag der Platz im Dunkeln.
Obwohl er hungrig war, ging Finn nur vorsichtig in den Hof. Der Duft nach frischem Heu stieg ihm in die Nüstern, und er stupste das Scheunentor auf, das nur angelehnt war.
Auf der Stelle machte er sich über die ordentlich aufgestapelten Heuballen her und riß große Bissen heraus. Die dicke rötliche Bauernhofkatze Roger lag zusammengerollt auf einem Strohballen und schaute sich den Eindringling an, bevor sie blinzelte und wieder weiterschlief.
Finn war so mit Fressen beschäftigt, daß er die Schritte auf dem Hof nicht hörte. Plötzlich schwang die Tür auf. „Ja, wen haben wir denn hier?“ Ein großer, kräftiger Mann stand im Tor. „Schnell, Paula, komm und schau,

was ich Interessantes gefunden habe."
Sekunden später eilte eine junge Frau in die Scheune. Im Gegensatz zu ihrem Vater war Paula Walters klein und drahtig und sah jünger aus als ihre 18 Jahre. Ihr rundes Gesicht wurde von schulterlangem, blondem Haar eingerahmt, die Spitzen noch strohig und kraus von einer alten Dauerwelle.
Sie betrachtete das graue Pferd mit dem geübten Auge einer Expertin. Obwohl sein Fell dick und schmutzig, seine Mähne und sein Schweif matt waren, konnte sie sehen, daß es einmal ein schönes Tier gewesen war.
„Man kann seine Rippen zählen. Sieh dir die Narben auf seinem Hals und seiner Schulter an! Vielleicht von einem Kampf mit einem anderen Pferd."
„Möglicherweise läuft er schon einige Zeit frei herum", stellte Harry Walters fest. „Er ist nicht hier aus der Gegend. Du kennst ja jedes Pferd am Ort. Was sollen wir mit ihm tun?"
„Ihn behalten natürlich." Sie grinste und fügte hinzu: „Bis jemand Anspruch auf ihn erhebt. Er ist ein tolles Weihnachtsgeschenk!"
Sie ließen Finn diese Nacht in der Scheune und versorgten ihn mit frischem Wasser. Um fünf Uhr am Weihnachtsmorgen bereitete Paula einen Leinsamen-Brei zu – den Leinsamen hatte sie über Nacht eingeweicht – und bot ihn dem Pferd an.
Er näherte sich ihr anfangs vorsichtig, um sich an die ungewohnten Gerüche zu gewöhnen. Aber sein Hun-

ger überwältigte bald seine Angst, und er tauchte seine Nase in den Eimer mit Brei.
Paula klopfte auf seinen Hals und lächelte wehmütig. Erst vor zwei Monaten hatte sie noch ihre schwarze Vollblutstute Elsa gefüttert und über die kommende Turniersaison nachgedacht. Elsa war ein kühner und williger Springer mit einer glanzvollen Zukunft gewesen, und Paula machte sich immer noch heftige Vorwürfe über ihren Tod. Sie hatte auf einer nahegelegenen Querfeldeinstrecke unter schlammigen Bedingungen trainiert. Elsa war bei der Landung ausgerutscht, nachdem sie eine hohe Mauer überwunden hatte, hatte sich überschlagen und das Genick gebrochen.
Paula gab sich selbst alle Schuld, trotz der Tatsache, daß es ein unglücklicher Unfall war. Sie war der Meinung, daß sie Elsa niemals bei so schlechten Bedingungen hätte springen lassen dürfen. Sie hatte zu hart trainiert.
Hart. Genauso sahen die Ansässigen sie. Eine harte Frau. Sie bevorzugte es, sich selbst als stark zu bezeichnen. Das mußte sie sein, seit ihre Mutter an Krebs gestorben war, als Paula erst vier war. Es war nicht leicht gewesen für ihren Vater, den Hof zu bewirtschaften und ein Kind aufzuziehen. Paula hatte schnell gelernt, ihm zu helfen, und je älter sie wurde, desto mehr Arbeit konnten sie sich teilen. Sie hatte die Liebe ihrer Mutter zu Pferden geerbt, und als sie sechs war, gab ihr ein freundlicher Nachbar ein weißes Shetland-Pony na-

mens Joshua. Es war ruhig, verläßlich und ein perfekter Lehrer. Sobald sie über Joshua hinausgewachsen war, verkaufte ihn ihr Vater an ihren kleinen Vetter und kaufte den Wallach Bobby Dazzler, eine New Forest-Vollblut-Kreuzung. Paula fand bald heraus, daß er ein talentierter Springer war, und begann an den Lokalturnieren teilzunehmen, mit beachtlichem Erfolg.

Ihre Karriere als Springreiterin war vorausprogrammiert, sie verließ mit fünfzehn Jahren die Schule und fing an, Pferde aus der näheren Umgebung zu schulen. Dabei verdiente sie sich den Ruf, jedes schwierige Pferd erziehen zu können. Ihr Vater hatte ihr oft gesagt, daß sie besser mit Pferden als mit Menschen auskomme. Das Geld, das sie mit der Ausbildung fremder Pferde verdiente, half ihr, die Ausgaben für ihr Springen zu bezahlen.

Zu ihrem sechzehnten Geburtstag hatte ihr Vater ihr Elsa geschenkt, ein 1,50 Meter großes, schwarzes Vollblutpferd, das schon einige Springturniere gewonnen hatte und sich sehr verheißungsvoll zeigte. Das war das Pferd ihrer Zukunft, das sie in ihrer Karriere zum Sieg führen würde. Elsa war nicht leicht zu reiten, temperamentvoll und schwer zu halten, aber Paula hatte hart gearbeitet, um ihr diese Angewohnheit auszutreiben. Ganz war es ihr nie gelungen. Nur Minuten vor dem Unfall hatte die Stute ihren Kopf durchsetzen wollen. Paula sah zu dem neuen grauen Hengst hinüber und fragte sich, wie es wohl wäre, ihn zu reiten. Ob er sprin-

gen kann? Er hatte einen schönen, kurzen Rücken, lange Vorderbeine, eine kurze Kruppe, starke Muskeln und gute Sehnen. Seine Schultern könnten vielleicht etwas schräger sein, aber sonst sah er korrekt aus.
„Gut, mein Junge, vielleicht bist du der Sieger, auf den ich gewartet habe.“

Kapitel 11

Als Finn seinen Leinsamenbrei aufgefressen hatte, nahm Paula sein zerfleddertes Strick-Halfter ab, ersetzte es durch ein Halfter aus Nylon und brachte ihn hinüber in Elsas alten Stall. Sie band ihn an einen Eisenring in der Wand, kam mit all ihren Striegelsachen dazu und bürstete ihn gründlich, um den getrockneten Schlamm von seinem Fell zu entfernen.
„Du bist ein schöner Knabe, obwohl es eine Schande ist, was du für eine Narbe an der Schulter hast", redete sie ihm zu und hob seine Hufe hoch. Finn war nie beschlagen worden, und sie sagte sich, daß sie daran denken müßte, nach dem Frühstück den Hufschmied anzurufen, damit er ihn anschauen und die Hufe ausschneiden konnte. Aber dann erinnerte sie sich, daß ja Weihnachten war.

„Er sieht aus wie ein wertvolles Tier", bemerkte ihr Vater, der am Kaffee nippte, während Paula Tomaten und Schinken zu den Rühreiern in die Pfanne warf. „Vielleicht gibt es eine Belohnung für die Rückführung.

Weißt du, ich habe hier in der Gegend noch nie so ein Pferd gesehen. Nicht in der Nähe. Er muß schon eine ganze Strecke zurückgelegt haben."

Paula nickte: „Das kannst du an seinen Hufen erkennen. Entweder war er sehr lange unterwegs, oder er ist sträflich vernachlässigt worden. Ich glaube nicht, daß er oft geritten worden ist, wenn überhaupt. Er ist nie beschlagen worden."

„Ist es denn klug, Pläne zu machen, bevor du weißt, wem er gehört? Vielleicht bleibt er nicht hier."

Paulas Augen glänzten, als sie sich vorstellte, wie sie das Pferd trainieren und mit ihm zum Sieg springen würde. „Gut, laß uns abwarten", sagte sie ruhig.

Nachdem alle morgendlichen Routinearbeiten erledigt waren, feierten Paula und ihr Vater Weihnachten. Das heißt, sie ließen sich vor dem offenen Kamin nieder, nippten Brandy und aßen hausgemachte Pfefferminzplätzchen.

„Frohe Weihnachten, meine Liebe." Paulas Vater küßte sie und beschenkte sie mit einer großen Schachtel, in braunes Packpapier eingewickelt. Sie enthielt ein Reisehalfter, eine flaschengrüne, gewachste Jacke, eine schwarze, elastische Reithose, die sie sich gewünscht hatte, und ein Paar fingerlose Handschuhe, die er selbst gestrickt hatte.

„Genau, was ich mir gewünscht hatte", lachte sie. „Deines ist nicht eingewickelt, denn es ist ein Jahresabo des Magazins ‚Filme und Filmen', und ich befürchte, daß

du den ersten Band nicht vor Neujahr sehen wirst. Aber ich habe einen Videofilm von ‚High Noon' aufgetrieben als kleine Entschädigung."
Die beständige Leidenschaft ihres Vater waren Filme, neue und alte, und in seiner kurzen Freizeit sah er sich Filme aus seiner Sammlung auf dem Videorecorder an, sein bevorzugter Luxus.
Sie verbrachten eine faule Stunde zusammen, entspannten sich, bevor Paula zu den Ställen zurückkehrte und nach den Pferden sah.
Außer Finn hatte sie im Moment noch drei Pferde. Eines davon war Bobby Dazzler, der jetzt regelmäßig von Debbie trainiert wurde, einem jungen Mädchen, das in der etwa zehn Meilen entfernten Kreisstadt wohnte. Sie war eine begnadete Reiterin, konnte sich aber kein eigenes Pferd leisten, und Paula half ihr gerne aus, indem sie ihr Bobby Dazzler überließ. Die beiden anderen Pferde gehörten einem hiesigen Geschäftsmann, der sie für seine Zwillingstöchter im Teenageralter schulen ließ, die unerfahrene Reiterinnen waren. Rab, ein hochbeiniger brauner Wallach, mit weißem Gesicht, hatte ein angenehmes Temperament, aber der Vorbesitzer hatte seine Launen geduldet, so daß er viele schlechte Angewohnheiten hatte. Die schlimmste war die Neigung zu bocken. Seine Kameradin Doxy war eine stämmige gescheckte Stute. Als ehemaliges Schulpferd war sie ein träges Reittier, aber sie wurde stetig besser.
Beim Geräusch von Paulas Schritten auf dem Betonbo-

den erschienen drei Pferdeköpfe über den Stalltüren, um sie zu begrüßen. Plötzlich war sie sehr glücklich, am Leben zu sein.
Die Weihnachtsfeiertage vergingen fast unbemerkt auf dem Bauernhof. Die Alltagsarbeit wurde erledigt, die Pferde versorgt, und am Neujahrstag machten Paula, ihr Vater und Debbie einen langen, vergnüglichen Ritt, der im Pub seinen Höhepunkt hatte. Ansonsten ging das Leben weiter wie immer.
Der Tierarzt kam, um sich Finn anzusehen. Das Pferd wurde entwurmt, seine Zähne untersucht und gefeilt, und es wurde gegen Grippe geimpft.
„Du hast da ein schönes Tier, Paula“, sagte der Tierarzt, der neben ihr herging, als sie Finn zur Koppel führte und ihn freiließ.
„Ich weiß“, sagte sie und bewunderte seine leichten, freien Bewegungen, als er in Handgalopp fiel. „Er ist wie ein Tänzer.“
Erfreut, draußen zu sein, buckelte Finn etwas.
„Er wird sehr lebhaft sein, da kannst du sicher sein“, lachte der Tierarzt. „Gibt ihm nur Zeit, in Form zu kommen. Ein richtiger Wirbelwind.“
„So werde ich ihn nennen: Wirbelwind!“ sagte Paula.

Vierzehn Tage später wurde Wirbelwind beschlagen und geschoren. Dann folgte eine Trainingsperiode an der Longe, um seine Muskeln für das Tragen von Gewicht zu stärken und um ihm beizubringen, auf Paulas

Kommandos mit der Stimme zu reagieren.
Paula hatte das Pferd schon daran gewöhnt, Zaumzeug zu tragen, obwohl er sich anfangs geweigert hatte. Aber Paulas Geduld und Sanftheit hatten sein Vertrauen gewonnen. Der nächste Schritt war, ihn an einen Sattel zu gewöhnen, wobei sie vermutete, daß er noch nie einen getragen hatte. Sie begann damit, ihm den Sattel auf den Rücken zu legen, wenn er im Stall stand, ohne den Gurt festzuziehen, und sie redete die ganze Zeit auf ihn ein. Nach einiger Zeit war es möglich, den Gurt festzuziehen und den Sattel kurze Zeit liegenzulassen. Diese Zeitabschnitte, bevor sie ihn gesattelt an der Longe gehen ließ, wurden allmählich länger. Schließlich, als Wirbelwind ganz zufrieden mit dem Sattel zu sein schien, führte sie ihn hinaus und bat ihren Vater, ihn zu halten, während sie den Gurt festzog und aufstieg.
Er stand ganz still, und sie begann sich zu entspannen. „Das wird leichter, als ich dachte", sagte sie. Aber kaum hatte sie ihre Hacken in seine Seiten gedrückt, bäumte sich Wirbelwind auf und warf sie auf den Boden.
Sie konnte nicht wissen, daß Tom dem grauen Hengst beigebracht hatte, auf Stimme zu reagieren, und dabei besondere Schlüsselworte benutzt hatte, die bei Reitern nicht üblich waren wie „Schritt" oder „Hoho". Tom hatte nie daran gedacht, sein Pferd von jemand anderem reiten zu lassen.
Während der nächsten Wochen – und viele Stürze später – lehrte Paula Wirbelwind langsam, sie als Reiterin

zu akzeptieren und ihren Befehlen zu gehorchen. Allmählich baute sie sein Arbeitsprogramm auf, beginnend mit kurzen Ritten – hauptsächlich auf Wegen – im Schritt oder Trab. Dann hatte er einen Tag frei, um auszuruhen und zu entspannen, wobei Paula ihn fünfzig Minuten draußen ohne Sattel spazierenführte und er grasen konnte. Genauso wie seine täglichen Übungen gesteigert wurden, bekam er immer mehr Getreide. Sein Fell begann zu glänzen, und seine Mähne, Schweif und Hufe wurden gepflegt, um lose Haare zu entfernen. Paula trainierte und schulte ihn am Morgen, am Nachmittag ging er eine halbe Stunde an der Longe. Sie arbeiteten hart, indem sie hügelaufwärts ritten, um die Muskeln an Hinterhand und Rücken aufzubauen, die für Springen und Geschwindigkeit notwendig waren. Als sie sicher war, daß er so weit war, begann sie, mit ihm unterwegs über kleine, natürliche Hindernisse zu springen, denn er sollte freiwillig vorankommen. Sie war sehr vorsichtig, um ihn nicht zu überanstrengen.

„Jetzt können wir anfangen, richtig zu arbeiten“, sagte sie eines Tages zu Debbie, als sie zusammen Sattel- und Zaumzeug putzten. „Geduld ist das wichtigste. Ein Pferd ist nicht zum Springen gebaut, nicht wie eine Katze, deren Muskeln und Sehnen sich extra zum Springen entwickelt haben. Aber wenn es die Anlagen dazu hat und richtig gebaut ist, wie Wirbelwind, kann es es lernen.“

„Er sieht aus wie ein wundervolles Reit- und Spring-

pferd", bemerkte Debbie anerkennend.
„Das ist er", antwortete Paula. „Aber er ist sehr eigensinnig und zieht immer noch." Sie lächelte. „Wie Elsa."

Paula begann Wirbelwinds erste ernsthafte Springsaison an der Longe, zuerst über einen niedrigen Stamm, dann über 0,6 Meter hohe kleine Oxer mit einem Abstand von 0,9 Meter, um ihn dazuzubringen, aufzupassen und seinen Rücken beim Springen aufzuwölben. Bald konnten sie ein halbes Dutzend Sprünge von ca. einem Meter, dann nahm ihn Paula wieder zurück. Nachdem sie ihn ungefähr zehn Minuten in der Ebene laufen gelassen hatte, ritt sie ihn über einen Parcours mit niedrigen Hindernissen im Trab.
Am Ende des Monats sprang Wirbelwind eine ganze, abwechslungsreiche Springstrecke im Galopp, und Paula entschied, daß sie für den ersten Springwettbewerb bereit waren.
„Nächsten Monat findet in Milby ein Springen mit mehreren Klassen statt. Ich melde mich mit Bobby Dazzler für die Klasse der Reiter unter 16", sagte Debbie eines Morgens beim Kaffee. „Es gibt eine Klasse für Zeitspringen, die Wirbelwind liegen müßte."
Paula informierte sich über die Einzelheiten und stimmte zu; ihre Begeisterung wuchs.
„Wirbelwind müßte gute Chancen haben zu gewinnen. Aber ich darf ihn nicht überfordern", fügte sie hinzu.

Eine Woche vor dem Wettkampf machte sich Paula große Hoffnungen. Sie war überzeugt, daß sie in Wirbelwind einen neuen Sieger gefunden hatte. Hohe Sprünge schaffte er mit Leichtigkeit, große Weiten waren kein Problem, und was die Schnelligkeit anging, war er ein Meister. Kürzlich hatte er bei einem Querfeldeinritt über eine Hecke gesetzt, von der sie wußte, daß sie über zwei Meter hoch war, und hatte dabei noch Platz gehabt.

Inzwischen waren Rab und Doxy perfekt ausgebildet zu ihrem Besitzer zurückgekehrt. Paula war erleichtert, nicht nur, weil ihr jetzt mehr Zeit blieb, sich auf Wirbelwind zu konzentrieren. Sie fühlte sich in letzter Zeit nicht ganz auf dem Posten; Müdigkeit und Übelkeit kamen zu der leichten Erkältung dazu. Trotzdem hatte sie ausgemacht, nach dem Wettkampf das Pferd eines Nachbarn auszubilden.

„Ich bin so aufgeregt", sagte Debbie. „Mit Bobby Dazzler läuft im Moment alles sehr gut."

„Das Gefühl kenne ich", antwortete Paula lachend. „Ich glaube, ich muß mal etwas ausspannen. Also nehmen wir uns einen arbeitsfreien Tag. Ich nehme Wirbelwind zu einem gemütlichen Ritt querfeldein. Willst du mitkommen?"

„Danke für das Angebot, aber ich will heute nachmittag auf dem Springplatz noch etwas üben. Wir sehen uns dann später."

Der Nachmittag war trüb, mit Nieselregen, und Paula fragte sich, ob es überhaupt klug war hinauszugehen. Ihre Erkältung wurde langsam lästig, und sie hatte Kopfweh. Sie ermahnte sich selbst, nicht so wehleidig zu sein. Schließlich brauchte Wirbelwind die Übung. Er schritt flott aus, seine Hufe machten ein dumpfes Geräusch auf dem nassen Gras. Obwohl sie einen ruhigen Ritt beabsichtigt hatte, trieb sie ihn zum Trab, dann zum Handgalopp und genoß seine weitausholenden Schritte. Sie überwanden umgestürzte Bäume und Hekken, Gatter und Gräben, und sie gab fast der Versuchung nach, mit ihm zu springen, so wunderbar war das Gefühl, mit einem so gefügigen Pferd durch die Luft zu fliegen. Dann kamen sie an einer hohen Mauer vorbei, und Paula erschauderte. Es war dieselbe Mauer, an der Elsa gestürzt war, und ein Gefühl der Traurigkeit überfiel sie. Es hatte begonnen, stärker zu regnen, und der Boden war aufgewühlt. Paula tadelte sich selbst, daß sie den Versuch überhaupt erwogen hatte. Sie versuchte Wirbelwind zu zügeln, der ungeduldig wurde, weil er den Befehl zum Springen erwartete. Er fiel in einen ungleichmäßigen Handgalopp, als sie ihn ein paarmal im Kreis lenkte, um ihn zu beruhigen. Das Nieseln ging in Regen über, und ein leichter Nebel kam auf. Sie beschloß, daß es an der Zeit war umzukehren. Sie hatten schon acht Meilen zurückgelegt, und es würde ungefähr zwei Stunden dauern, bis sie zu Hause wären.
Ihr Kopf tat noch immer weh, und ihre Augen brann-

ten. Sie konnte die Tatsache nicht länger verdrängen, daß sie krank war. Die Kälteschauer, die ihr den Rücken hinunterjagten, zeigten ihr, daß sie Grippe bekommen würde. Sie fluchte. Was für ein Pech! Eine Woche vor dem Wettkampf! Sie nahm sich vor, jetzt nicht aufzugeben und gleich am nächsten Morgen in die Apotheke zu gehen und sich selbst zu kurieren. Jede Meile kam ihr wie eine Ewigkeit vor, aber schließlich tauchte vor ihnen der Bauernhof auf. Paula war im Sattel nach vorne gesunken, und Wirbelwind hatte die Führung übernommen, da er den Weg ja genau kannte. Als er in den Hof trabte, rannte ihm Debbie entgegen.
„Du warst lange weg. Ist was passiert?" begann sie, bis sie Paulas Gesicht sah. „Du siehst furchtbar aus."
Sie griff Wirbelwinds Zügel und hielt ihn an, gerade bevor Paula aus dem Sattel glitt und ohnmächtig wurde.

„Das war's mein Fräulein, kein Reiten mehr für mindestens vierzehn Tage." Die Stimme des Arztes klang freundlich, aber bestimmt. Paula kämpfte, um sich im Bett aufzusetzen, fiel aber wieder zurück.
„Es ist nur die Grippe", krächzte sie.
„Ein schwerer Fall von Grippe. Welcher Teufel hat dich geritten, daß du ausgeritten bist, wenn du dich so schlecht gefühlt hast?"
„Weil sie ein sturer Idiot ist", sagte ihr Vater.
„Das habe ich dann von dir." Sie lächelte schwach. „Aber was ist mit dem Wettkampf?"

„Vergiß ihn“, antwortete der Arzt und gab ihrem Vater ein Rezept. Als die beiden zusammen das Zimmer verlassen hatten, kam Debbie herein.
„Wie fühlst du dich?“ fragte sie.
„Furchtbar“, gab Paula zu. „Aber noch furchtbarer bei dem Gedanken, nicht reiten zu können.“
„Dein Vater sagt, daß du eine Woche im Bett bleiben mußt.“
„Ja, das denkt er!“ sagte Paula. „Schau, Debbie, ich will immer noch bei dem Turnier mitmachen. In ein paar Tagen werde ich mich viel besser fühlen. In der Zwischenzeit mußt du Wirbelwind trainieren.“
Debbie wurde blaß. „Machst du Witze? Niemand außer dir hat ihn geritten. Ich kann ihn wahrscheinlich gar nicht bändigen. Er ist viel zu stark.“
„Ich würde dich doch nicht bitten, wenn ich es dir nicht zutrauen würde. Aber reite ihn nicht, wenn du Angst hast. Das merkt er sofort. Dann nimm ihn wenigstens an die Longe für mich. Das hilft auch schon.“
Widerstrebend stimmte Debbie zu, und es wurde ausgemacht, daß sie auf dem Bauernhof wohnen sollte, um Wirbelwind zu trainieren und auszuhelfen, bis Paula wieder gesund war.

An den ersten zwei Tagen fühlte sich Paula zu schwach, um aufzustehen, und tröstete sich, indem sie die täglichen Talk-Shows im Fernsehen anschaute.
Debbie besuchte sie regelmäßig zwischen dem Versor-

gen und dem Trainieren der Pferde.
„Ich longiere Wirbelwind und nehme ihn mit Bobby Dazzler am Leitzügel mit.“
„Hast du ihn geritten?“ fragte Paula.
Debbie errötete. „Ich habe es versucht. Er ging durch, bevor er mich abwarf. Er braucht einen starken Reiter. Ich mache ihn nur nervös. Er spürt, daß ich ihm nicht traue.“
„Wenn er nur in Form bleibt! Morgen stehe ich auf.“

Viertel nach sieben am nächsten Morgen, als Paula es geschafft hatte, sich aus dem Bett zu schleppen und sich anzuziehen, hörte sie unten laute Stimmen, und ein Mädchen weinte. Noch immer schwindlig, ging sie hinunter.
Debbie saß am Tisch und sah verängstigt aus, mit Tränen in den Augen.
„Um Himmels willen, was ist denn hier los?“ wollte Paula wissen.
„Es geht um Wirbelwind. Er ist entsetzlich krank“, schluchzte Debbie. „Und es ist nur meine Schuld.“

Kapitel 12

Paula rannte hinaus zum Stall und vergaß dabei völlig ihre eigene Krankheit. Ihr Vater war bei Wirbelwind, führte ihn hin und her, über seinem Rücken lagen Dekken.

„Kolik?" fragte sie.

Ihr Vater nickte grimmig. „Ich habe schon den Tierarzt angerufen."

Wirbelwinds rollende Augen waren auf seine Flanken konzentriert, seine Nüstern gebläht.

„Mach dir keine Sorgen, ich kümmere mich schon um ihn", sagte ihr Vater. „Du solltest im Bett sein. Ich werde ihn sich ganz sicher nicht hinlegen lassen."

Aber Paula stand da wie angewurzelt. „Wenn du schon hierbleibst, dann mach dich nützlich", sagte ihr Vater freundlich. „Halte seine Ohren und Beine warm."

Paula kniete sich ins Stroh und rieb die Beine des Pferdes. Sie fühlte sich wie betäubt.

„Wie konnte das passieren?"

„Als Debbie ihn füttern wollte, sah sie, daß er seinen Wassereimer umgestoßen hatte. Also ließ sie ihn fres-

sen und ging weg, um den Eimer mit frischem Wasser zu füllen. Dann ließ sie das Wasser im Stall. Natürlich war Wirbelwind ganz schön durstig, trank es und bekam eine Kolik."
„Das dumme Mädchen!" Paula war wütend. „Warum in aller Welt konnte sie so was zulassen? Sie ist normalerweise so zuverlässig. So ein idiotischer Fehler!"
„Sie gibt zu, daß sie mit ihren Gedanken woanders war. Sie machte sich Sorgen um Bobby Dazzler. Er lahmt seit gestern."
Gerade als Wirbelwind versuchte, sich zu wälzen, kam der Tierarzt. Da war das Pferd schon mit Schweißflekken bedeckt. Der Arzt nahm eine Spritze aus seiner Tasche, gab ihm eine Injektion und blieb, bis er ruhiger geworden war.
„Er kommt jetzt in Ordnung", sagte er. „Absolute Ruhe für einige Tage, trotzdem." Er sah Paula an. „Ich würde sagen, das gilt auch für dich, junge Frau. Du siehst schrecklich aus."
Als er gegangen war, sagte Paulas Vater: „Tu einmal, was man dir sagt, und geh zurück ins Bett. Ich kümmere mich darum, daß es Wirbelwind gutgeht. Mach dir keine Sorgen."
Paula antwortete mit schwacher Stimme: „Dieses Mal hast du gewonnen. Ich gebe nach."
Sie drehte sich um, und ihr Vater bat sie noch: „Sei nicht zu streng zur kleinen Debbie. Ich habe ihr schon die Leviten gelesen. Wir machen alle Fehler – auch du.

Sie hat ihre Lektion wirklich gelernt."
Debbie wich Paula den Rest des Tages aus. Als sie schließlich den Mut aufbrachte, zu ihr zu gehen, mußte Paula sich sehr zusammennehmen, um ruhig zu bleiben.
„Das werde ich mir nie verzeihen", sagte Debbie. „Wirbelwind hätte sterben können."
„Jetzt ist es vorbei. Laß es uns vergessen." Paula brachte ein Lächeln zustande. „Wie geht es Bobby Dazzler? Pa sagte, daß er lahmt."
„Er hat beim Sprung über einen Zaun sein Hinterbein verletzt. Auch mein Fehler. Er war zu hoch für ihn."
„Es sieht so aus, als wären wir beide für die nächsten Wochen aus dem Verkehr gezogen. Na ja, es wird noch andere Turniere geben."
Es folgte eine unbehagliche Stille, bevor Debbie sagte: „Tatsächlich habe ich uns schon für einige Klassen bei dem Exton-Turnier im Juli angemeldet."
Plötzlich waren die beiden wieder Freundinnen.

Als der Wettkampftag da war, traten sowohl Pferde als auch Reiter in guter Form an. Beim Morgengrauen waren Debbie und Paula in den Ställen und striegelten. Ausmisten, Tränken und Füttern hatten sie schon erledigt. Wirbelwind hielt geduldig still, während seine Hufe eingeölt und seine Mähne geflochten wurde. Dann wickelten sie für die Reise schützende Bandagen um seine Beine. Er konnte nicht verstehen, warum ihm

soviel Aufmerksamkeit zuteil wurde, aber er konnte die Aufregung spüren. Nach dem Frühstück kleideten sich die Mädchen in schicke Reithosen, blaue Jacken und gebürstete Reiterkappen.
„Wie sehe ich aus?" Debbie drehte sich um, und ihre Augen glänzten, als sie ihr Haarnetz zurechtrückte. Paula gab sich mit ihrem Lippenstift den letzten Schliff. „Sehr schick."
„Es ist mein erstes Turnier", sagte Debbie. „Ich habe Schmetterlinge im Bauch."
„Ich fühle mich auch immer so, diesmal ist es besonders schlimm. So, haben wir alles eingepackt?" Paula las aus ihrer Liste vor.
„Das wäre es wohl. Laß uns die Pferde satteln."

Als sie ankamen, war der Turnierplatz voller Leute und Pferde aller Rassen.
„Hoffentlich regnet es nicht. Bobby Dazzler haßt Nässe", sagte Debbie.
„Ich glaube, die Sonne bleibt", versicherte ihr Paula. „Wir haben massig Zeit, uns umzusehen und aufzuwärmen. Komm, wir holen unsere Nummern und bestätigen die Startzeiten."
Als sie zurückkamen, öffneten sie die Thermoskannen mit Kaffee, bevor Paula den Parcours abschritt.
„Es ist ein guter Kurs; neun Hindernisse, schön geradeaus, eine gute Mischung aus Hoch-Weit- und Steilsprüngen und einer Kombination. Ein bißchen schwie-

rig sind die Oxer", erzählte sie ihrem Vater. „Wirbelwind muß ausholen, um richtig abspringen zu können. Die Stangen sind zwischen 1,20 und 1,80 Meter weit auseinander, das macht es schwierig."
„Hoffentlich kann ich mir meinen Parcours merken", sagte Debbie besorgt. „Gott sei Dank, daß die Sprünge numeriert sind."
In Paulas Klasse nahmen zwanzig Mitbewerber teil, und sie sollte als elfte starten.
„Wenigstens kann ich die anderen Reiter beobachten", sagte sie und fand einen guten Platz ganz vorne.
Der erste Reiter verließ den Platz mit fünf Fehlern, der zweite wurde disqualifiziert, weil sein Pferd dreimal an der Mauer verweigerte. Ein rotgesichtiger Mann auf einem großen Braunen ritt als nächster. Er warf eine Stange des Steilsprungs herunter und berührte das letzte Hindernis, die Eisenbahnschranke, das täuschend einfach aussah.
Als der nächste Reiter hereinritt, holte sie Wirbelwind zum Sammelplatz und begann, ihn aufzuwärmen. Er war in Form und sprang, ohne zu zögern, über das Übungshindernis.
„Viel Glück!" wünschte Debbie.
Ehe sie sich versah, ritt Paula auf den Platz und grüßte die Schiedsrichter. Dann ertönte die Glocke, und sie galoppierte dreimal im Kreis, damit Wirbelwind ein Gefühl für die Umgebung bekam. Seine Ohren tanzten vor und zurück und lauschte auf die neuen Geräusche der

Menge. Sie hatten zwei Minuten, um den Parcours zu beenden. Die drei ersten Hindernisse waren leicht; die Eisenbahnschranke, ein Oxer und die Triplebarre. Sie hatten viel Platz dafür. Wirbelwind zog immer noch an, also ließ sie ihm seinen Willen und flog hinüber. Er wendete in der Ecke, erreichte die hellgestrichene Mauer, dann kam er zur Kombination. Er sprang sauber, brauchte vier Sprünge bis zum niedrigen Hindernis und überwand genauso den Doppeloxer. Er hatte zwei Stangen auf der Absprungseite, es war also nicht schwierig. Aber nach drei Sprüngen merkte Paula, daß der Absprung nicht paßte, und versuchte zu bremsen. Trotzdem schaffte es Wirbelwind in der letzten Minute und sprang sauber. Paula seufzte vor Erleichterung tief auf und verlor fast die Konzentration für das letzte Hindernis, die Eisenbahnschranke, aber es fiel nicht.
„Eine fehlerfreie Runde", sagte der Kommentator.
„Gut gemacht", sagte ihr Vater. „Du bist erst die dritte ohne Fehler."
Paula stieg ab und klopfte Wirbelwind. „Ich wußte, daß du ein Sieger bist."
Sie war überglücklich, bis eine schneidende Stimme plötzlich hinter ihr schrie: „Dieses Mädchen reitet mein Pferd!"

Kapitel 13

Sie drehte sich um und stand einem blassen Jungen mit farblosen Haaren und wässerigen Augen gegenüber.
„Und wer wirst du wohl sein?“ wollte sie wissen und bemühte sich, zuversichtlich zu klingen, obwohl sie innerlich zitterte. Das war der Moment, vor dem sie sich gefürchtet hatte. Sie hatte immer erwartet, daß eines Tages eine mysteriöse Gestalt auftauchen und das Pferd fordern würde.
„Tom Sayers. Das ist mein Pferd“, wiederholte er fest.
„Das Pferd gehört meiner Tochter“, unterbrach Paulas Vater. „Hast du irgendeinen Beweis, daß das Pferd dir gehört?“
„Haben Sie irgendeinen Beweis, daß es Ihnen gehört?“ versetzte Tom, und darauf folgte eisiges Schweigen.
Tom streckte seine Hand zum Pferd aus. „Es ist lange her, Finn. Ich habe überall gesucht“, murmelte er, und das Pferd drückte seine Nüstern in seine Haare. „Ich kann beweisen, daß es mir gehört. Der Tierarzt, der ihn behandelt hat, nachdem ich ihn gefunden hatte, wird es bezeugen“, sagte er.

Plötzlich kam Debbie gerannt und schwenkte eine silberne Schleife. „Wir sind Zweite!“ rief sie voller Freude, bevor sie bemerkte, daß etwas nicht in Ordnung war. Sie starrte Tom an und wandte sich dann zu Paula.
„Du bist im Stechen, Paula. Es gab insgesamt sechs Runden ohne Fehler. Du bist die letzte Reiterin. Du solltest dich lieber fertigmachen.“
Tom hielt Wirbelwind immer noch.
„Denkst du, wir können das nach dem Stechen klären?“ fragte Paulas Vater. „Wir werden nicht ausreißen, ich verspreche es.“
Tom bewegte sich nicht.
„Bitte“, sagte Paula. „Das bedeutet mir sehr viel.“ Ihre Stimme war flehend.
„In Ordnung“, gab er nach. „Aber ich werde hier sein, wenn du herauskommst.“ Er ließ die Zügel los, und Paula stieg wieder auf.
„Die Hindernisse 1, 2, 4, 5, 6 und 9 bleiben für das Stechen“, sagte Debbie.
„Drück mir die Daumen.“
Als sie zum zweiten Mal am Sammelplatz wartete, überdachte Paula Toms Worte. „Dieses Mädchen reitet mein Pferd.“ Der Satz saß in ihrem Gedächtnis fest, als sie Wirbelwind wieder über das Übungshindernis ritt. Dann war sie an der Reihe zu springen. Alle Nervosität war weggeblasen und durch eine Leere ersetzt worden. Die Hindernisse waren höher gemacht worden, und bis jetzt hatte es nur einen fehlerlosen Ritt gegeben. Über

die ersten beiden Hindernisse sprang sie wie betäubt, dann tauchte der Oxer auf. Wirbelwind wurde zu schnell, und sie mußte ihn zurückhalten, aber sie blieben fehlerlos. Er flog über die Mauer mit viel Spielraum, dann ohne Fehler über die Kombination. Ihre Zeit war gut, und sie hatten nur noch das Gatter vor sich. Als sie um die Ecke ritten, sah sie Tom am Ausgang stehen, verlor die Konzentration und zügelte Wirbelwind. Plötzlich stolperte er, und sie wurde überraschend vorwärtsgeschleudert, fast über seinen Hals. Schnell bekam sie ihr Gleichgewicht wieder, obwohl sie einen Steigbügel verloren hatte. Aber Wirbelwind galoppierte schon falsch auf das Gatter zu, sprang zu spät ab und warf eine Stange.

„Vier Fehler."

Sie ritt völlig niedergeschlagen aus dem Parcours.

„Pech", sagte ihr Vater. „Aber du bist immer noch Zweite!"

„Wie ich", lächelte Debbie.

Sie hatte beabsichtigt, zu bleiben und sich einige der anderen Veranstaltungen anzusehen, aber ein Schatten hatte sich über ihre Freude gelegt, und so luden sie statt dessen ihre Pferde ein und gingen nach Hause.

Tom, der mit Freunden von der Landwirtschaftsschule gekommen war, hatte ausgemacht, sie am nächsten Tag mit dem Tierarzt zu besuchen, der das Pferd bei ihm zu Hause behandelt hatte. Er haßte es, Finn zu verlassen, nachdem er ihn wiedergefunden hatte, aber ihm wurde versichert, daß Paula nicht versuchen würde, mit dem Pferd wegzulaufen.

Um halb vier am nächsten Nachmittag fuhren Tom und der Tierarzt in den Hof der Walters.
Paula war mit Wirbelwind im Stall. Der Tierarzt untersuchte das Pferd sorgfältig. „Ich kann mit Sicherheit sagen, daß dieses das Pferd ist, das Tom gerettet hat. Es ist ein unverwechselbares Tier, und die Narben an Schulter und Hinterbeinen bekräftigen meine Überzeugung. Wo haben Sie das Pferd gekauft, Miss Walters?"
„Ich habe ihn nicht gekauft", gab sie zu. „Er ist einfach ... hier aufgekreuzt, am Weihnachtsabend. Er war übel vernachlässigt." Sie sah betont Tom an.
„Ich habe mein Pferd nie vernachlässigt", sagte er wütend. „Ich habe sein Leben gerettet. Ich fand ihn sterbend in einem Feld."
„Und wie ist er dann zu uns gekommen? Wir leben hundert Meilen von dir entfernt!"
„Er ist weggelaufen."
„Das ist der Beweis. Du mußt ihn schlecht behandelt haben", sagte sie ohne rechte Überzeugung.
„Das stimmt nicht. Ich wollte ihn zur Landwirtschaftsschule bringen. Als wir mit dem Pferdeanhänger anhielten, damit er seine Beine vertreten konnte, wurde er durch einen Hubschrauber erschreckt. Deshalb ist er weggerannt. Seitdem suche ich ihn."
„Nicht intensiv genug", sagte Paula. „Auf jeden Fall ha-

ben wir unseren eigenen Tierarzt, der bezeugt, daß er mir gehört." Sie wandte sich dem örtlichen Veterinär zu.
„Paula hat recht. Das ist das Pferd, das ich kurz nach Weihnachten untersucht habe", sagte er.
„Wirbelwind wird nur von mir geritten. Er läßt sich von niemand anderem reiten. Er ist zu stark", sagte Paula.
„So ein Quatsch!" rief Tom. „Er mag weder Sattel noch Zaumzeug tragen, deshalb läßt er sich schwer reiten. Ich bin überrascht, daß er dich ihn in diesem lächerlichen Springreiter-Turnier reiten ließ. Er ist ein edles Tier, kein dressierter Seehund."
„Wie kannst du es wagen ...", begann Paula, aber Tom griff in die Mähne und sprang auf Wirbelwinds Rücken. Nachdem Tom das geheime Codewort geflüstert hatte, schoß das Pferd zum Erstaunen aller vorwärts und trabte hinaus. Tom sprang noch über den Zaun, der das Feld begrenzte, und galoppierte zweimal rundherum, bevor er triumphierend zurückkehrte.
„Hast du gesehen? Er ist so sanft wie ein Lamm. Ein Kind könnte ihn reiten, wenn es die richtigen Worte wüßte."
Paulas Gesicht wurde traurig.
„Es kommt mir so vor, als ob beiden, Paula und Tom, das Pferd gehört. Die Frage ist, wer soll es behalten?" Paulas Vater schaute von einem zum anderen. „Ihr beiden jungen Leute müßt das entscheiden."
Allein gelassen wußten Paula und Tom nicht, was sie

miteinander reden sollten. Dann brach Tom das Schweigen, indem er über Finns kleine Angewohnheiten redete, und Paula erzählte ihm von Wirbelwinds Lieblingstricks. In jeder anderen Lage hätten sie Freunde werden können.

Tom konnte sehen, wie sehr Paula das Pferd liebte, aber er weigerte sich, die Tatsache zu akzeptieren.

Sie wiederum war sich über Toms tiefe Beziehung zu Wirbelwind im klaren, war aber nicht bereit aufzugeben.

„Und wie lösen wir das Problem?“ Ihre Stimme war schneidend.

„Was gibt es da zu lösen? Er ist mein Pferd“, erwiderte Tom. Seine Augen waren hart.

Paula war betroffen. „Ich werde dagegen kämpfen. Ich werde vor Gericht gehen. Und ich werde gewinnen.“ Zitternd vor Ärger stürmte sie zurück ins Haus. Während Tom wartete, wuchs seine Unsicherheit, und er überlegte, ob sie recht hatte. Vielleicht würde sie es schaffen, seinen geliebten Hengst zu behalten. Einem Impuls folgend stieß er die Stalltür auf und führte das Pferd in den Hof. Er entfernte das Nylon-Halfter, schmiß es auf den Boden und sprang auf Finns Rücken.

„Sie wird dich niemals besitzen“, sagte er leise. Nach einem letzten Blick auf das Haus, trieb er Finn in einen starken Trab.

Bei dem Geräusch von Hufschlag auf Stein, kam Paula schreiend herausgerannt. Erschrocken stieg Finn, und

Tom glitt herunter. Paula griff nach dem Pferd, verfehlte es aber. Nachdem er sich auf die Beine gekämpft hatte, stieß Tom sie aus dem Weg, als sie einen zweiten Versuch machte.
Plötzlich war das Pferd weg, galoppierte quer über den Hof, durch das Tor, auf die Hügel zu.
Einen Moment lang starrten sich die beiden Gegner bestürzt an. Paula war die Luft weggeblieben, als Tom sie gestoßen hatte, und wartete, daß sie wieder zu Atem kam. Dann erwachte Tom wieder zum Leben, und bevor er zurückgehalten werden konnte, hatte er sich Bobby Dazzler aus dem nächsten Stall geschnappt und war ohne Sattel hinter Finn hergeritten.
„Aufhalten!" schrie sie.
Er hatte das einzige Pferd genommen, und als er in der Ferne verschwand, sah sie ihre Zukunft mit ihm gehen. In Panik wühlte sie nach ihrem Autoschlüssel, sprang in den Landrover und machte sich an die Verfolgung.
Zwanzig Minuten später hatte sie ihn eingeholt, nachdem sie einen Umweg über eine Seitenstraße zurück zu den Hügeln nehmen mußte.
Bobby Dazzler rannte tapfer, immer noch mit Tom auf dem Rücken. Sie war überrascht; sie hatte eigentlich erwartet, daß der Junge schon heruntergefallen war. Sie mußte zugeben, daß er ein besserer Reiter war, als sie gedacht hatte.
Zuerst konnte sie den Hengst nicht entdecken, dann sah sie ihn weit vorne. Der Zwischenraum zwischen

ihm und seinen Verfolgern wurde immer größer.
Die Jagd ging noch zwei Stunden weiter, bis der Nachmittag zum Abend geworden war. Bobby Dazzler mußte erschöpft sein, sagte sie sich. Der Junge würde ihn kaputtmachen. Aber der Hengst strauchelte nicht einmal, galoppierte unermüdlich Richtung Küste. Sie hatte das eigenartige Gefühl, daß seine Reise ein Ziel hatte; daß er genau wußte, wo er hinwollte.
Gerade als Tom dachte, sein Tier würde zusammenbrechen, hielt der Hengst in seinem Lauf inne. Paula fuhr hinter ihnen her und stieg vorsichtig aus dem Landrover.
Der Hengst war stehengeblieben, weil er nirgends mehr hinkonnte. Sie standen auf einer Klippe, gefährlich nahe am Abgrund. Unter ihnen erstreckte sich das Meer.
Für den Bruchteil einer Sekunde waren das Mädchen, der Junge und das Pferd erstarrt, regungslos. Dann wurde die Stille durchbrochen. Der Hengst stieß einen markerschütternden Schrei aus, als er stieg, seine Herrlichkeit zeichnete sich gegen den Himmel ab. Beide sahen zum ersten Mal den echten Zephyr.
Auf einmal bekam Tom Angst und pfiff schrill. Finn spitzte die Ohren und drehte sich zu dem Jungen. Dann rief Paula: „Wirbelwind", und er war außer sich. Er änderte die Richtung, und Tom pfiff wieder. Paula rief lauter. Das verwirrte Pferd rannte hin und her zwischen den gegensätzlichen Anweisungen. Er sah die beiden Menschen an und konnte sich nicht entscheiden. Aber

die Kraft, die ihn rief, war noch stärker. Ohne Vorwarnung drehte er sich zum Klippenrand und fiel in Galopp.
„Nein, Finn!“ rief Tom entsetzt.
Paula war wie gelähmt, als das Pferd sprang. Sie rannten zum Rand der Klippe. Das Pferd hatte sich von dem Aufprall auf das Wasser erholt und schwamm. Seine Instinkte sagten ihm, daß die Insel in Reichweite lag. Er war nicht länger Finn oder Wirbelwind. Er war wieder Zephyr, der Herr der Insel der wilden Pferde.